講談社文庫

青春夜明け前

重松 清

UN264261

講談社

目次

青春夜明け前

とんがらし

1

あの頃、ぼくたちのクラスで流行《はや》っていた言葉が三つある。男子限定の流行語だ。「同盟」と「条約」と「宣戦布告」——戦争マンガが大好きで、軍艦や戦車のプラモデルをつくるのが得意な茅野くんがつかっていたのを、みんなで面白がって広めたのだ。

たくさんの同盟ができた。野球同盟、サッカー同盟、缶蹴り同盟にサツドロ同盟、鉄棒同盟やブランコ同盟というのもあった。クラスの班は一班同盟や二班同盟と呼ばれ、朝の集団登校のグループも同じように、三丁目同盟や四丁目同盟になった。

同盟ができれば、条約もできる。要するにルールだ。同盟の中での条約もあれば、同盟と同盟の間での条約もあって、それを破ったら、宣戦布告でケンカが始まる。

所属するのは一つきりの同盟ではない。一人でいくつもの同盟に入って、付き合う仲間の顔ぶれもそれぞれで違う。ある同盟では仲間の友だちも、別の場面では宣戦布告をしたライバルの同盟の一員になって、いまは仲良くしゃべっていいのか、そっぽを向かなくちゃいけないのか、わからなくなることもあって……女子から「ガキ」と呼ばれどおしの小学五年生の男子だって、それなりにフクザツな人間関係の中を生きていたのだ。

ぼくが入っていた同盟は、スケールの大きな順から、五年二組同盟、マカロニ同盟（給食のポテトサラダとマカロニサラダのどちらが美味《うま》いか）、マガジン同盟（少年マガジンと少年サンデーのどっちが面白いか）、真理ちゃん同盟（天地真理のことである。いま振り返ると苦笑するしかない。ライバルの小柳ルミ子が好きなルミちゃん同盟とは、連日、宣戦布告でロゲンカばかりしていた）、乱歩同盟（ポプラ社から出ていた江戸川乱歩の少年探偵シリーズと怪盗ルパンシリーズのどちらが好きか）、ライダー2号同盟（1号からV3まである仮面ライダーの中で誰がいちばん強いか）、野球同盟、四丁目同盟、三班同盟、犬田小文吾同盟（NHKの人形劇『新八犬伝』の八犬士の中で誰がお気に入りか）……そして、とんがらし同盟。

他の同盟は、女子も知っている。いわばクラス公認のものだった。でも、とんがらし同盟は違う。三人のメンバー以外は誰も知らないし、誰にもしゃべらないという条約で結びついた、未公認というか非合法というか、モグリというか、あの頃「同盟」と一緒に流行りかけて結局広がらなかった言葉をつかうなら、三人だけの「秘密結社」だった。

大西《おおにし》くんと、藤木《ふじき》くんと、ぼく。三人が揃《そろ》うと、合い言葉を交わす。『新八犬伝』の主題歌の一節――「いざとなったら玉を出せ！」を歌って、ぼくたち自身の玉を出す。キンタマである。

その動作は素早ければ素早いほどいい。ジッパーを下げて出しているのでは間に合わない。半ズボンの裾《すそ》の脇から出したり、ズボンの前をパッと引き下げたりして、一瞬だけ、キンタマを見せ合う。

玉を出せば、当然、サオも出る。

ちっちゃなサオだ。玉を素早く出すときに邪魔にならない程度の、ほんとうに短くて、細くて、しょぼくれたサオ。

とんがらし同盟の「とんがらし」は、ぼくたち三人のおちんちんが、とんがらしみたいな形をしていたから――だった。

大西くんが、いつか言っていた。

とんがらしがふにゃふにゃしているときは、「ちんぽ」で、コーフンして固くなったら「ちんこ」になる。

「クソも同じじゃろう。赤ん坊の頃はゆるいけん『うんち』で、固いのが出るようになったら『うんこ』になるじゃろうが」

ほんとかよ。

「なんでも『こ』のつくほうがオトナなんよ」

女の子のあそこも同じなのだという。

「ふつうは『めんちょ』でええんじゃけど、ほんまは男とまだハメとらんのが『めんちょ』で、いっぺんでもハメたあとは『めめこ』になるんよ」

高校生の兄貴がいる大西くんは、そういうことにはやけに物知りで、でも、あいつの兄貴は「ホラ西」というあだ名だったから、どこまでほんとうかはわからない。

とにかく、大西くんの理論をあてはめるなら、ぼくたちのとんがらしは、たいがい「ちんぽ」で、ときどき「ちんこ」になる。

とんがらし同盟の秘密基地は、「ちんぽ」が「ちんこ」になる場所だった。

その場所を最初に見つけたのは、藤木くんだった。

学区のはずれ――梨畑や田んぼが広がる、人家のほとんどない寂しい一角だった。数分歩けば防風林の松林で、松林を抜けたら日本海に出る。

藤木くんは、ご自慢の五連フラッシャー付きの自転車をとばしてカレイを釣りに海に向かっているときに、そこを見つけた。

秋だった。

稲刈りが終わって水が抜かれた用水路のほとりに、小さな小屋がある。昔ばなしに出てくる水車小屋から水車をとりはずしたような、古びた板張りの小屋だった。

そこに小屋があることは、ぼくたちはとうの昔に知っていた。埃《ほこり》や海からの塩で白く汚れたガラス窓から、中を覗《のぞ》き込んだこともある。床板も明かりもない、ただ雨露《あめつゆ》をしのぐだけの掘っ立て小屋の中には、農作業に使う道具や、カバーのかかった耕耘機《こううんき》や、山積みになった肥料の袋があるだけだった。

小屋の持ち主が誰かは知らない。でも、誰かの持ち物であることは確かで、引き戸には小さな南京錠《なんきんじょう》も掛かっていた。

ところが、その日は、小屋の引き戸が少し開いていた。用水路沿いの土手道に軽トラックも停《と》まっていた。

乱歩同盟のリーダー格で少年探偵団に憧れていた藤木くんは、少し離れたところに自転車を停めて、そっと小屋に忍び寄っていった。

窓の下に身をひそめて、中を覗くタイミングをうかがっていたら――。

「聞こえたんよ、オンナの声が」

若い女のひとがすすり泣いている。最初はそう思ったらしい。

でも、その声は、ただ泣いているだけでなく、じつは笑っているようにも聞こえた。声が長く尾をひいているときには歌をハミングしているようにも聞こえたし、途切れるときには、おなかが痛いのをこらえているようでもあった、らしい。

「なんじゃ？　それ」

ぼくと大西くんは顔を見合わせた。思えば、藤木くんが次の日にその話をした相手がぼくと大西くんだったことが、とんがらし同盟結成のきっかけだったのだ。

「なんじゃと思う？」藤木くんは、にやにや笑う。「わし、ほんまにびっくりしたど」

日本海に面したこの地方では、たとえ小学生でも、男の子が自分を呼ぶときは「わし」――女の子は「うち」。田舎《いなか》くさい。四年生の秋に都会から転校してきたぼくは、方言に慣れるまではみんなで学芸会のお芝居の練習をしているんじゃないかと思っていたほどだ。

それはともかく、藤木くんはさんざんぼくたちをじらしたすえ、最後は大西くんにヘッドロックを決められて、ようやく正解を教えてくれた。

「……しとったんよ」

そう言って、握りこぶしをぼくたちの顔の前に突き出した。ふつうの「グー」ではなく、親指を人差し指と中指の間に入れて、先っちょを覗かせる。セックス――ぼくたちの呼び方では「めんちょっちょっ」のサインだった。

「ほんまかぁ？」と、ぼくと大西くんの声が重なった。

「ほんまじゃ、ほんま」

藤木くんは大きくうなずいて、そこからは声をひそめてつづけた。

立って、していた、という。

女のひとは後ろを向いていた。壁際に積み上げた肥料の袋に抱きつくような格好で、お尻を突き出していた。

「……裸か？」

「ケツは裸じゃった。スカートをめくって、パンツ脱いで、ケツ、丸見えなんよ」

「上は？　服、着とったんか？」

「ボイン、出とった」

セーターをたくし上げて、ブラジャーもはずして、後ろから男のひとがおっぱいを揉《も》んでいた。

こげんして、と藤木くんは両手で真似をした。下から手のひらをあてがうようにして、指を動かす。見える。確かに、おっぱいを揉んでいるように見える。

ぼくと大西くんは「どげなオトコじゃった？」「ちゅうか、どげなオンナじゃった？」と勢い込んで訊《き》いた。

「若かったど、にいちゃんとねえちゃんじゃった」

にいちゃんは作業服の上着を着て、ズボンとパンツを膝《ひざ》まで下ろしていた。

「ケツに毛ぇ生えとった。きたねえケツじゃったど、にいちゃんのは」

「アホ、そげなんどうでもええんじゃ、ほいで、どげんしたんか……」

最初は両手でおっぱいを揉んでいたにいちゃんは、途中から片手をねえちゃんの股間に伸ばした。

「いじっとった、めんちょ」

太股に邪魔されて細かいところはよくわからなかったが、にいちゃんが腕を動かすたびに、ねえちゃんの体はびくっと跳ねて、お尻の肉がきゅっと締まった。

「……ほいで？　ほいで？」

ねえちゃんは体の向きを変えた。にいちゃんの前にしゃがみこんで、腰に抱きついて、にいちゃんのおちんちんを頬張った。

「食うたんか？」

「くわえたんか？」

フェラチオを、ぼくたちはまだ知らなかった。おちんちんが小便を出すだけの場所じゃないんだと知ったのも、つい半年ほど前のことだったし、その頃はまだ、女のひとのめんちょの穴とおしっこの穴は同じなんだと思い込んでいた。

「でっけーんよ、ちんこ。オトナじゃけん、毛もボウボウ。よう口に入れられるよ、ねえちゃんも」

藤木くんは怖気《おじけ》をふるうように言った。「そげんことして、ほんまに気持ちええんかのう……」とつぶやくぼくも、ちょっと吐き気がしていた。

「ええがな、ちんこの話は。ほいで、そのあとどげんしたんな」と大西くんが怒った声で言って、話は先に進んだ。

にいちゃんのおちんちんを頰張ったあと、ねえちゃんはまた後ろ向きになって、お尻を突き出した。

「早《はよ》うしてえ、早うしてえ……言うとった。泣きそうな声で言うて、自分でボイン揉みながら、ケツを振っとった」

にいちゃんはねえちゃんの腰を横からつかんで、グッと体を寄せた。ねえちゃんのお尻に、にいちゃんのおちんちんが埋まる。

「……ハメたんか？」

うわずった声で、大西くんが訊いた。「と、思う」とうなずく藤木くんの声もうわずっていたし、ぼくはさっきから口の中がカラカラに乾いていた。

にいちゃんは腰を前後に振った。ねえちゃんは肥料の袋に顔を押しつけ、自分の手の甲を嚙《か》んで、必死に声をこらえていた。

「うっ」とにいちゃんは低くうめいて、腰の動きを止め、あわてて体をねえちゃんから離した。そして、めんちょから抜き取ったおちんちんを手で押さえ、立ち小便をするみたいに、地面に白いものを、ぴゅうーっ、と……。

「出たんよ、すげえ出とった、水鉄砲みたいじゃったど」

「しょんべん違うんか？」

「違う違う、白かったけん」

「ほな……精子か」

「フジくん、卵子は見えんかった？」

「ちらっと見えた。ねえちゃんのケツから覗いとった」

「精子は泳いどった？」

「いや、それが……にいちゃんがこっち向きそうになったけん、わし、あわてて逃げたんよ……」

間違いだらけで、嘘だらけの話――でも、ぼくたちのとんがらしは、「ちんぽ」から「ちんこ」になっていた。

藤木くんの話にはつづきがあった。

頃合いを見計らって小屋に戻ると、もう二人の姿はなかった。軽トラックもどこかに走り去っていた。小屋の引き戸には南京錠が掛かって、地面にぴちゃぴちゃと跳ねているはずの精子のおたまじゃくしを確かめることはできなかった。

でも——。

藤木くんはニッと笑って、半ズボンのポケットから小さな鍵を出した。

「軽トラの停まっとった所に落ちとった」

南京錠の鍵だった。

「放課後、行ってみようで」と藤木くんは言った。ぼくにも大西くんにも異存はなかった。

とんがらし同盟は、そんなふうにして結成されたのだ。

2

用水路沿いの小屋は、身も蓋《ふた》もない駄洒落《だじゃれ》で「ちん小屋」と名付けられた。
「同盟」には「条約」が要《い》る。ぼくたちが決めた条約は、ぜんぶで五条あった。
第一条——秘密厳守。
第二条——ちん小屋に行くのは必ず三人揃って。
第三条——ちん小屋を使うときには、同盟の固い結束を示すために、『新八犬伝』の「いざとなったら玉を出せ！」に合わせて、キンタマを出して見せ合う。
第四条——にいちゃんが精液をまきちらした地面は「汚染ゾーン」なので、そこを踏んだらエンガチョ。

第五条――ちん小屋には、エロいものを持って来ないと入れない。

最後の第五条は、大西くんが決めた。

農家の息子の大西くんは、初めてちん小屋に入ったとき、中に置いてある農機具や肥料を一つずつ確かめて、春まで使わないものばかりだと見抜いた。ちん小屋には、冬の間はほとんどひとの出入りがない、はずだ。

積み上げた肥料の山や農機具を微妙にずらして、エロいものの隠し場所や、万が一のときに身を隠す場所をつくった。

窓の鍵を開けた。今後はそこから出入りすることにして、引き戸の南京錠の鍵は藤木くんが拾った場所に放り捨てた。数日後にはなくなっていたから、きっと、鍵を落としたことに気づいたにいちゃんかねえちゃんが探しに来て、「ああ、あったあった、ラッキー」と持ち帰ったのだろう。

「自転車は遠くに停めとかんといけんど」

「おう、わかっとるわい」

「窓から入るとき、ぐずぐずしとったらいけんど」

「だいじょうぶじゃ」

「車の音が聞こえたら、すぐに隠れんと」

「あたりまえじゃ」

「よっしゃ、じゃあ、ちょっとやってみるか」

ちん小屋のプレオープンの日、ぼくたちは何度も練習をした。

小太りで体育が苦手な大西くんは、窓にとびついたあと体を奥へ進めることがどうしてもできない。やむなく、藤木くんが先に中に入って腕をひっぱり、ぼくが外からお尻を押すことになった。大西くんは肥料の陰に隠れる練習でも、耕耘機のハンドルに肩をぶつけたり、農薬を撒《ま》くときに使うポンプにけつまずいたりしどおしで、しまいには藤木くんに怒られて、汚染ゾーンの真ん中に立たされてしまった。

用意周到なのである。でも、ひとの小屋に勝手に入り込むことが犯罪なんだとは、あまり深く考えていないのである。

やはり、ぼくたちは女子が言うように「ガキ」だったのだろう。

ちん小屋オープンの日、ぼくは家から古新聞を持って行った。

競輪の好きだった親父が宅配でとっていたスポーツニッポン——終わりのほうにあったエッチなページだけ抜き取った。

自転車の隠し場所にした松林に行くと、先に来ていた藤木くんは、「ヒロシ、なに持ってきた？」と訊いてきた。

「スポーツ新聞。お父ちゃんがとっとるけん」

「エロいんか？」

「おう……まあ、エロいと思うけど」

フジくんは？　と訊き返すと、藤木くんはちょっと困った顔になって目をそらした。

ああそうか、と気づいた。藤木くんの家にはお父さんがいない。母一人子一人で、お母さんはたしか、隣町にある製鉄所の食堂で働いていた。市営住宅の六畳二間のわが家に、エロの漂《ただよ》うものはないはずだ。

「なにも持って来とらんのん？」

もし手ぶらだったら、すぐに家に帰ってスポーツ新聞のエッチなページをもう一枚持って来てやろう、と決めた。

でも、藤木くんは「なにもない、いうわけじゃないんじゃけど……」と煮え切らない様子で答え、足元の松ぼっくりを、靴《くつ》でぐじぐじと踏んだ。

「あんなあ、ヒロシ、これ……エロいかどうか見てくれや」

ジャンパーのポケットから取り出したのは、光沢のある、すべすべした白い布――レース模様がついていた。

「なんな、これ」

「シュミーズ……母ちゃんの」

ぎょっとした。

こいつは、自分の親の下着をタンスから持ち出してきたのだ。

藤木くんは真顔で、心配そうに「パンツのほうがええかもしれん思うたんじゃけど……」と言う。「どげな？　エロい思う？」

そんなこと訊かれても。

もじもじするぼくにかまわず、藤木くんはシュミーズを広げた。

胸にふくらみがついている。肩ひもの付け根に小さなリボンもあった。裾のレースがほつれて、糸が一本、ひょろっと出ていた。

「これでええかのう……」

だめだ、と言ったら、藤木くんはパンツを取りに家に帰るかもしれない。そういう奴だ。むだなことにマジメで、ひたむきで、でも根本的に幼い。ガキぞろいの五年二組の中でも、特に、ガキ。水泳の着替えのとき、女子の前でおちんちんを出してパンツを穿《は》き替えたのは、クラスで藤木くんしかいなかった。

ぼくはシュミーズから顔をそむけ、「ええよ、ええけん、早うしまえや」と言った。

「母ちゃんのでも、いちおうオンナの下着じゃけん、エロいかと思うたんじゃけど……ほんまに、だいじょうぶか？」

「エロい、エロいけん、早うしまえ」

とても見ていられない。エロいとかエロくないとかを考える前に、なんというか、これはヤバいだろう違うだろう、と思う。

藤木くんがシュミーズをポケットにしまうと、ほどなく大西くんが「悪い悪い、遅うなった」と息をはずませてやってきた。

大西くんが持ってきたのは、兄貴からもらったマンガ雑誌だった。マンガ雑誌といっても、背が分厚い「少年マガジン」や「少年サンデー」とは違って、背中をホチキスで留めたオトナ向けの雑誌だった。表紙の絵も、オトナの女のひとの顔――こっちをユーワクするように笑っていた。

「そしたら……三人揃うたところで、やるか」

ぼくたちは輪をつくるように向き合って、顔を見合わせた。

大西くんが、『新八犬伝』の主題歌を途中から歌いだし、ぼくと藤木くんは歌のテンポに合わせて顎《あご》を振りながら、半ズボンの裾に手をかけた。

「いざとなったら玉を出せ!」

バッとキンタマを出した。

とんがらしも出した。

「よっしゃ!」「ええど!」「行こうで!」

キンタマととんがらしをしまって、ぼくたちは歩きだす。

「オトコのいーじを……」

ススキの穂を振りながら、大西くんが歌う。『ど根性ガエル』のエンディングに流れる、『ど根性でヤンス』だ。

「見せるでヤーンス」――ぼくも松ぼっくりを蹴って、つづけた。

「カラスが鳴ーいーて、ゆーやけこーやけー」――藤木くんは、母ちゃんのシュミーズをまたポケットから取り出して、旗みたいに風になびかせて歌っていた。

ちん小屋に入ると、さっそく大西くんの持ってきたエロ本を開いた。

マンガはどれも、ストーリーはよくわからなかった。ギャング同士の闘いと、麻雀の闘いと、時代劇の闘いと、スパイの闘いと、ヤクザの闘いと……とにかくみんなおっかない顔で闘いばかりしていて、なにかあると、すぐに女が裸になって、男とセックスをする。

男のおちんちんを女がくわえた絵があった。椅子に座ったバスローブ姿の男の前に、女がひざまずき、「私にはこうすることしかできませんから……」と男のバスローブの前をめくって、おちんちんをくわえた。うぐうぐ、と苦しそうな顔をしながら、女は顔を振る。男は女の髪を両手でつかんで、「おう、おう、もっと舌を使え」と笑う。

別のマンガでは、逆に男が女のめんちょをなめていた。「いやっ、やめて、やめて」

と抵抗する女の脚を、ヤクザみたいな男が両手で押し広げて、まず指でめんちょを触る。「濡《ぬ》れてるぜ」とヘヘッと笑って、「いやっ、いやっ」と泣きべそをかく女のめんちょに、顔をつける。最初は「やめて、ひとが来ちゃう、お願い……」と嫌がっていた女が、途中からは急に元気になって、男が顔をめんちょから離すと、「いやぁ、やめないで、もっと、もっと……」と訴えるのが不思議だった。

縄で縛られた女も登場した。時代劇だった。町人の娘が、家老が雇ったガラの悪い浪人たちにさらわれて、縛られて、人質になっている。ストーリーはそこまでしかわからない。目隠しをされ、さるぐつわを嚙まされ、着物を着たまま上半身を縄でぐるぐるに縛られた女が、浪人たちに裾をめくられ、脚を広げられた。裸になった浪人の一人が女に迫っていくところで、「つづく」になっていた。

どのマンガにもエロい場面はたくさんあったが、どのマンガにもめんちょの絵は描いてなかった。シールを貼ったみたいに黒い四角で塗りつぶされたり、そこだけ真っ白なままなにも描いてなかったり、見えそうなところで男の頭や手が邪魔をしていたりして、結局、いちばん見たいところはわからないままだった。

おちんちんも同じ。黒く塗られたり、白いまま放っておかれたりして、形はわからない。ただ、黒や白でごまかした部分は、ぼくたちが想像していた以上に大きかった。太くて、長くて、斜めに持ち上がった角度も急だった。

マンガがほんとうに正確に描いているのなら、オトナのおちんちんは、固い「ちんこ」になると、ぼくたちの腕ぐらいの太さで、片手でつまめないぐらいの長さ……。ビール瓶みたいなもの、なのだろうか。

「こげんなるんか？　ほんまに」

藤木くんはおびえたように言った。

「こげなもん、めんちょに入れたら、破れるん違うか？」とぼくも言った。

「アホ、めんちょは伸びるんじゃ。そげんせんと赤ん坊が出られんじゃろうが」

さすが物知りのオーちゃん、と感心するぼくと藤木くんに、大西くんはつづけて教えてくれた。

「知っとるか？　オンナは初めてめんちょっちょっをすると、血が出るんど」

「知っとるわい、しょじょ、言うんじゃ」

「なして血が出るかいうたら、最初のうちはめんちょが伸びんのよ。キツいんよ。ほいじゃけん、めんちょの割れ目の端が破れて血が出るわけじゃ」

「痛そうじゃのう……」

「痛え痛え、ときたま、腹まで破れて死んでしまうオンナもおるらしいど」

「やれんのう、そげなんで死んだら……」

「ほいでも、いっぺん破れてしもうたら、あとはよう伸びる。どげん大きなちんこでもだいじょうぶなんよ」

藤木くんはそれを聞いてホッとした顔になった。

でも、ぼくには逆の心配もあった。

「のう、オーちゃん、ちんこがこまかったら、ゆるゆるになるんか?」

「そりゃあいけんど、こまいちんこはいけん。奥まで届かんけん、すぐ抜ける」

「……ほんまか」

「ちんこの先が、コミヤの中に入って、卵子に当たらんといけんのじゃけん」

「何センチぐらいありゃあええんか」

「そうじゃのう、三十センチは要るじゃろうのう」

うぎゃっ、と藤木くんが叫んだ。

ぼくも思わず半ズボンの股間を見つめた。「子宮」は「コミヤ」ではなく「シキュウ」と読むことぐらいは知っていたが、とにかく大西くんはエロの話はなんでも知っているし、マンガに出てくるちんこも、ほんとうにそれくらいのサイズだったし……三十センチになったら、パンツの中に入るんだろうか……というか、その前に、いまはまだ人差し指の長さしかないぼくのおちんちんは、ほんとうにオトナになるとそんなに大きくなるんだろうか……。

明かりのないちん小屋の中は、マンガに読みふけっているうちに、すっかり暗くなった。日暮れとともに風が出てきて、松林の葉がこすれ合う音が途切れなく聞こえる。潮《しお》騒《さい》も低く、重くなる。日本海の波の音は、「ザザーッ」ではなく、テトラポッドにぶつかって砕ける「ドーン！」の繰り返しだ。

ぼくの持ってきたスポーツ新聞は、あまり評判がよくなかった。ページのほとんどを占めるトルコ風呂やピンサロやアルサロの記事は、そもそもそこでなにをするかがわからないので、面白くもなんともなかった。小説の挿絵《さしえ》は、写真みたいに丁寧に描いてある女の裸だったのでちょっと盛り上がったが、肝心の小説のほうは「読めん漢字ばあじゃけん、つまらん」と大西くんにあっさり不合格の烙印《らくいん》を捺《お》されてしまった。

でも、もっと不評だったのは、藤木くんの母ちゃんのシュミーズだった。

「のう、これ、マンガでオンナが着とったんと同じじゃろう？　あっちはマンガじゃけど、こっちはホンモノなんど」と藤木くんは得意そうに言ったが、大西くんはさっきのぼくと同じように顔をそむけ、「こげなもん、持ってくるな、アホ」と怒った声で言った。

「フジくん、明日からはスポーツ新聞を二枚持ってきちゃるよ」

しょんぼりする藤木くんにぼくが声をかけると、大西くんはそれも気に入らなくて、「もうええ」と声をさらに不機嫌にした。「おまえらは手ぶらでええ、わしが毎日エロ本持ってきちゃる。わしが条約決めたんじゃけん、毎日三冊持ってくる。それでよかろ？」

ヘンなところで責任感を発揮するタイプなのだ、こいつは。

マンガとスポーツ新聞とシュミーズを、肥料の山の後ろに隠した。シュミーズは、ぼくと大西くんが「持って帰れ」と言ったのに、藤木くんは「せっかく持って来たんじゃけん」と言い張って譲らなかった。藤木くんも藤木くんなりに、同盟の一員としての責任を果たそうとしていたのだ。

「よし、じゃあ、帰るか」

「おう」

「最後に一発、シメようで」

ぼくたちはまた輪をつくって向き合い、今度は藤木くんの歌う『新八犬伝』に合わせて半ズボンをめくった。

「いざとなったら玉を出せ！」

キンタマは——三人とも、うまく出せなかった。サオがパンツにひっかかってしまったせいだ。

三本のとんがらしは、「ちんぽ」から「ちんこ」になっていたのだった。

3

秋が深まる。

みぞれ交じりの冷たい雨が、毎日のように降りしきる。

この地方の晩秋から初春にかけては、雪はそれほど積もらないものの、とにかく天気が悪い。いつも重い色の雲が垂れ込めて、青空が広がることはめったにない。ほんのつかの間晴れ間が覗いたかと思っても、すぐにしぐれてしまう。

天気が悪いと自転車が使えない。歩いて向かうには、ちん小屋は遠すぎる。それでも、ぼくたちは雲の動きを見計らい、途中で何度も雨宿りしてしぐれをやり過ごしながら、せっせとちん小屋に通った。

条約の第五条は「ちん小屋に来るときは、できるだけエロいものを持参すること」と改定され、新たに第六条「親の下着は持ってこない」も加わった。

さすがに一日三冊というわけにはいかなかったが、ちん小屋のエロ本は順調なペースで増えていった。

エロ本集めは、大西くんの独壇場だった。兄貴がエロ本を押し入れの天袋にどっさり隠しているのを突き止めて、そこから何冊も抜き取ってくる。それに加えて、宝の山も見つけた。水を抜いた用水路の中を歩いていると、必ずエロ本が捨ててあるのだという。雨ざらしなのでザラ紙のマンガの部分は読めないが、ヌードグラビアはだいじょうぶだ。根性というか、執念。「おまえら、感謝せえよ。わしがおらんかったら、ちん小屋はただの物置小屋なんど」と恩着せがましく言うのが悔しかったが、大西くんだってぼくと藤木くんの手助けがなければ窓から出入りできないのだから、まあ、おあいこだ。

エロ本を何冊も読んでいくにつれて、いろいろなことを知った。

ちんこの形をしたオモチャを、バイブレーターと呼ぶ。電動こけしともいうらしい。

ハメることは、英語で「ファック」。

ちんこが立つことは、英語で「エレクト」。楽器のエレクトーンが、急にいやらしいものになってしまった。

女がコーフンするとめんちょが濡れることは知っていたが、マンガに描かれていた様子からすると、それはおしっこみたいな感じではなく、もっとねばねばしたものらしい。

男が仰向《あおむ》けに寝ころんで、女が上になってハメることもある。これにはびっくりした。マンガでは、女は自分でおっぱいも揉んでいた。男はなにもしなくていい。楽でいいな、と思ったが、なんとなくつまんないかもな、という気もした。

「わし、オトナになったら、これ、してみる」と藤木くんが指さしたのは、ベッドに四つんばいになった女に、膝をついた男が後ろからハメている場面だった。

「顔が見えんがな」「めんちょと肛門を間違えたらおおごとじゃろうが」と、ぼくや大西くんには不評だったが、ちん小屋で最初に見たにいちゃんとねえちゃんの姿が忘れられないのだろう、藤木くんは「わしゃあ、これがええんじゃ」と言って、そのページを切り取って永久保存版にした。

そうだ――あの頃のぼくたちは、「永久」や「永遠」という言葉も好きだった。マンガ雑誌の通信販売の広告に載っている永遠に動きつづけるという水飲み鳥や、パネルを入れ替えることで永久に使えるというカレンダーが、欲しくて欲しくてしょうがなかった。一年後にジャイアンツの長嶋茂雄が「わが巨人軍は永久に不滅です！」と言って引退したときも、だから、その言葉が決して大げさには聞こえなかった。

「わしは、これがええかのう……」

大西くんが選んだのは、セーラー服の女が、白衣を着た理科の教師と放課後の教室でハメている場面だった。

ぼくと藤木くんは思わず顔をしかめ、「なしてや、全然ようないがな」と文句をつけた。絵がこまかすぎるせいで、かえって女子高生がおばさんみたいに見えて、ちっともかわいらしくなかった。

でも、大西くんは、決まり悪そうな顔になって、つづけた。

「わし、オトナになったら学校の先生になりたいけん……こげなことできたら、ええかのう、思うて……」

藤木くんは「アホ！」と笑いながら大西くんの頭をはたき、ぼくも「エロ教師になってどないすんじゃ！」と回し蹴りの真似をして、三人で爆笑した。

「ヒロシはどれがええんか」

「おう……わしは、こういうんがええの」

ぼくは、人妻がセールスマンと浮気をしている場面を指さした。居間のソファーに押し倒された奥さんが、スカートの中に顔をつっこまれて、泣きながら「あなた、許して……美恵子はいけない妻です……」と心の中で謝っているコマだった。

「これの、どこがええんか」

大西くんがきょとんとして訊いた。

藤木くんもページをめくり、裸になった奥さんがおっぱいを揉まれて「ああっ、ああっ」とあえいでいるコマを出して、「こっちのほうがええん違うか？」と親切に勧《すす》めてくれた。

ぼくにだって、それくらいわかる。絵がへたくそなマンガだったし、もっとコーフンする場面は他にいくらでもある。

それでも、ここ――なのだ。

ここでなくてはだめ――なのだ。

「ええけん、永久保存版にするど」

無理やり話を打ち切って、そのコマを切り取ろうとしたら、大西くんが不意に「わかったぁ！」と声をあげた。

「ヒロシ、おまえ、『美恵子』じゃけん、ええんじゃろうが」

どきっ、とした。

顔が熱くなった。

「え、なになにオーちゃん……」と身を乗り出した藤木くんに、大西くんは手のひらで口元を隠してひそひそ話で解説した。怪訝《けげん》そうだった藤木くんの顔は、パッと明るくなった。

「なるほどぉ、そーゆーことかぁ……」

「アホ！」ぼくは声を裏返して怒鳴る。「全然違うわい！」

「無理せんでええって。美恵子じゃろ？　村田美恵子のことじゃろ？」「出席番号、三十二ばーん！」「ヒロシくん、片思いーっ」「肩が重い、肩がおもーい、片思いーっ」

「違うって、ほんま、なに言うとるんじゃ、ほんまのほんま、全然違うわ、アホ」「美恵子さーん」「蹴るど！」「みっちゃーん」「フジ、おまえ、もう宿題見せちゃらんど！」

「美恵子はいけない妻でーす」「ブタ西、ほんまにしばくど！」「ヒロシくん、許してぇん、美恵子はいけない妻ですぅん」「あ、もうええ、わし怒った、宣戦布告！」……。

半分本気で大西くんを蹴った。藤木くんのことも半分本気で突き飛ばした。藤木くんは大笑いしながら汚染ゾーンに転がって、その瞬間、ぼくと大西くんは大笑いでエンガチョを切ってやった。

「ヒロシ、知っとるか、フジはベンタのこと好いとるんど」「うそ、田辺？　ほんま？」「あ、くそ、ブタ西、おめえもアレじゃろうが、三年の頃ホンダマと一緒に帰ったことあろうが」「ホンダマて、本多真理子か？　あげなブスと？」「いけんいけん、ヒロシ、ブタ西の前でホンダマのことブス言うたら、しばかれるど」「ええがな、ブスはブスなんじゃけん」「ヒロシ、こら、てめえ！」……。

大西くんのライダーキックをかわそうとしたぼくも、汚染ゾーンに入ってしまった。すると、唯一の生き残りの大西くんまで、「もうええ、知らん！」と自分から汚染ゾーンに飛び込んできて、三人で押しくらまんじゅうが始まった。「ええか、汚染ゾーンの外に出たら負けど！」——ルールまで、できた。

窓のほうに顔を向けていた藤木くんが、「あっ」と声をあげた。

雪が降っていた。

この冬、初めての雪だった。

ぼくたちは押しくらまんじゅうをやめて、三人並んで窓の桟に抱きつくような格好で、外を見つめた。

雪が降りしきる。田んぼの土が、見る間に白く染まっていく。

さっきまでの大騒ぎが嘘のように、ぼくたちは黙り込んだ。鉛色の雲から落ちてくる数えきれないほどの雪を、ぼくたちはいつまでも飽きることなく見つめていた。

冬の間は、ちん小屋に集まる回数は減った。

条約の第三条も改定されて、「いざとなったら玉を出せ！」は寒い日には端折《はしょ》ってもいいことになった。

天気のいい日を見計らってちん小屋に集まると、エロ本を読むだけでなく、ときどき、自分の話もした。べつに深刻な打ち明け話というわけではなかったが、学校ではなんとなくしゃべりづらい話が、ちん小屋の中では不思議と素直に口をついて出てきた。

大西くんの兄貴は、エロ本をためこんでいるくせに意外と勉強ができる。おそらく東京か大阪の大学に行くだろう。兄貴が都会に出たら——弟は地元に残るしかない。

「田んぼや畑があるけん、わしが百姓を継がにゃいけんのじゃろうのう……勝手に将来を決められるいうて、つまらんのう……」

藤木くんは、お母さんのことで悩んでいた。「原田のおっちゃん」というひとが、しょっちゅう家に遊びに来る。風呂に入って帰ることもあるし、藤木くんが学校から帰ってきたら家にいることもある。お母さんもその日はお化粧をして、スカートを穿く。「再婚するん違うか？」と大西くんが訊くと、藤木くんは黙ってうなずいて、「まあええけど」とつまらなさそうにつぶやいた。

ぼくも――五年生が終わったら、また別の町に引っ越しをする。今度は瀬戸内海に面した町だと、父と母が話しているのを立ち聞きした。

「ほうか……したら、とんがらし同盟も解散じゃのう……」

藤木くんがつぶやくと、大西くんは「どっちにしても解散じゃ」と少し怒ったふうに言った。「ちん小屋も、春になったら使えんのじゃけん」

年が明け、二月も半《なか》ばを過ぎると、暖かい日が増えてきた。冬の間は人影を見なかったこのあたりも、農機具や肥料を積んだ軽トラックが行き交うようになった。あとひと月もしないうちに、枯れ草が焼き払われる煙があちこちでたちのぼり、耕耘機のエンジンの音が何重にも響いて、甘ったるい肥料のにおいがあたり一面にたちこめるだろう。

「のう、ちょっと話変わるけど、ええか？」

珍しく前置きをして、大西くんが言った。

「なに？」と聞き返すと、これも珍しくもじもじして、うつむいたまま話を切り出した。

「ゴトちん、おるじゃろ」

同級生の男子でいちばん体の大きな後藤くんのこと——。

「ゴトちん、毛ぇ生えとるらしいど。ボウボウになっとるて」

「うそぉ！」

「あと……ゴトちんのちんこ、皮がむけとるらしい。で、兄貴に訊いたら、六年生になってむけとらんのは遅い、言うんよ」

「うそじゃろう？」

「ほいでも、ゴトちんはむけとるし……」

ぼくたちは三人とも、とんがらしだった。皮がむけてもいないし、毛も生えていない。「せんずり」や「オナニー」や「マスターベーション」という言葉は知っていても、固くなったちんこをどうすれば射精できるのか、よくわからない。

「修学旅行までに間に合うかのう……」

大西くんと藤木くんは、もし五月の修学旅行のときまでに毛が生えず、皮もむけなかったら、二人一緒に風呂に入ろう、と約束した。たとえとんがらしのままでも、二人いれば恥ずかしくない。

でも、ぼくは——知らない学校で、知らない連中と一緒に、修学旅行に行く。急に心細くなって、転校したくなくなって、ずっとこいつらと一緒にいたくなって……悔しくなって、悲しくなって……。

「どげんしたん、ヒロシ、泣いとるんか？」

「……違うて」

「修学旅行のときだけ、帰ってくりゃええがな。バスの席、わしらと交代で座らせちゃるし、布団も半分貸しちゃるけん」

のうフジくん、と大西くんが言うと、藤木くんも、「そうじゃそうじゃ、ヒロシが一緒におらんと、わしらもつまらんがな」とうなずいた。

そんなことを言うものだから、ぼくの涙は止まらなくなってしまった。

ちん小屋最後の日は、突然、訪れた。

三月の半ば——終業式まであと一週間だった。ぼくが転校するまであと一週間、ということでもある。

クラスのみんなにお別れのメッセージを書いてもらったサイン帳も、もう男子はほとんど埋まった。一ページ目を飾った大西くんのメッセージには、ぼくと村田美恵子さんが並んだ相合い傘もあった。ボールペンで書いたから消せない。消せなくても、まあ、いいや、と思った。

「ひさしぶりにちん小屋に行ってみようで」と言い出したのは、藤木くんだった。「ええもの見せちゃるけん」――大西くんのエロ本よりもエロいものがある、らしい。

それを楽しみに自転車をとばしていたら、風景がいつもと違うことに気づいた。用水路の水門が開いて、水が流れていた。松林を越えて聞こえてくる潮騒も、いままでより音がおだやかになった。季節は、もう春だった。

ちん小屋に入ると、ひさしぶりに「いざとなったら玉を出せ!」をやった。三本のとんがらしは、あいかわらず皮がむけないまま、つるんとしていた。

「ほな、見せちゃる。エロいどー、ほんま、たまげんなよー」

藤木くんが「じゃーん!」とポケットから出したのは、オトナの、男の、パンツだった。

母ちゃんのタンスの奥のほうに入っていたのだという。「誰のか」とぼくたちが訊く前に、藤木くんは自分から「原田のおっちゃんのじゃ」と笑って言った。「なして、おっちゃんのパンツがウチにあるんかのー、ようわからんのー、ほんま、わけわからんどー」と藤木くんは一人でしゃべりつづけ、一人で笑いつづけて、どう応えていいかわからないぼくや大西くんをよそに、「エロかろう? エロじゃろう?」と言いながら、丸めたパンツを何度も汚染ゾーンに叩きつけた。

どうしていいかわからない、ほんとうに。

ぼくと大西くんは顔を見合わせた。

どうしていいかわからないけど——藤木くんを泣かせるわけにはいかない、と思った。

大西くんは藤木くんが地面に叩きつけたパンツを拾い上げた。ぼくはとっさに思いついて、肥料の裏から、藤木くんの母ちゃんのシュミーズを持ってきた。

じっとりと湿って、土と埃《ほこり》で黒ずんだシュミーズを地面に広げ、その隣に原田のおっちゃんのパンツを広げて置いた。

「結婚式、挙げちゃろうで」

一瞬あぜんとした顔になった大西くんもすぐに「おう、それええわ」と大きくうなずき、泣きだす寸前だった藤木くんを真ん中に三人並んで、シュミーズとパンツに向き合った。

「チャーンチャカチャーン、チャーンチャカチャーン」と結婚式の音楽を大西くんが歌った。ぼくは大西くんの歌が終わるのを待って、「ご結婚おめでとうございまーす！ばんざーい！」と両手を挙げた。

「ばんざーい！」「ばんざーい！」「ばんざーい！」……途中から、藤木くんも加わった。泣き笑いの顔で、大きな声で「ばんざーい！」と叫び、かなわんのう、かなわんのう、と両手を挙げていた。

結婚式がつつがなく終わり、シュミーズとパンツを肥料の裏にしまっていたら——外から車の音が聞こえた。

軽トラックが、ちん小屋の前で停まった。

「ヤバッ」「逃げんと！」「いけん、もう間に合わん！」

ぼくたちはあわてて肥料の裏に隠れた。

引き戸の鍵が開いて、ひとが入ってきた。若い男と女――藤木くんが見たにいちゃんとねえちゃんだろうかと思ったら、藤木くんは小声で「オンナの顔が違う」と言った。

「ふうん、中はこげんなっとるんね」「ただの物置じゃけどの」「それで、レコードはどこにあるん？」「おう、まあ……それはまあ、ええがな」「え？」「のう……ここ、誰も来んけん、の？　の？」「いやっ、なにするん、やめて」「ええがな、ええがな」「ちょっとやめて、服、破れる！」「下だけ脱ぎゃあええんじゃけん」「好かん！　やめて！　うち、そんなつもりで来たん違うよ！」……。

声しか聞こえない。でも、エロ本で鍛えたぼくたちの知識は、すべてを見抜いていた。

最初は「やめて！」「誰か来て！」と叫んでいたねえちゃんの声が、急にくぐもった。そっと覗くと、ねえちゃんは土嚢《どのう》を積んだ上に仰向けに寝かされ、とっくりのセーターをめくり上げられて、にいちゃんにのしかかられていた。ぴちゃぴちゃ、と音がする。にいちゃんが、ねえちゃんのおっぱいを吸っているのだ。おっぱいの先は吸うと固くなる。やめてぇ、やめてぇ……お願い、やめてぇ……。くぐもった声で、ねえちゃんは泣いていた。にいちゃんは荒々しい息で、ねえちゃんのスカートをめくって、パンツを脱がそうとしていた。

パンツが脱げた。黒い茂みが、見えた。

ねえちゃんは脚をじたばたさせていたが、にいちゃんは両脚の間に体を入れて、おっぱいを吸いながら、片手でズボンのベルトをはずした。ズボンとパンツを一緒に、膝まで下ろした。お尻が見えた。毛がボウボウの、汚いケツだった。

にいちゃんは体を起こし、ねえちゃんのおっぱいとめんちょを見下ろして、「痛うせんけん、すぐすむけん」と笑った。ねえちゃんは顔を両手で覆《おお》って、やめてください、お願いします、いやぁ、やめてぇ……と泣きじゃくっていた。

にいちゃんが笑いながらねえちゃんの脚を広げ、腰を沈めようとした——そのときだった。

藤木くんが、声にならない叫びとともに、肥料の陰から飛び出した。ぼくと大西くんが止める間もない勢いだった。

藤木くんはにいちゃんの背中に跳び蹴りをくらわした。不意をつかれたにいちゃんは、カエルみたいな格好でつぶれ、ねえちゃんはあわてて体をにいちゃんから離した。

「早う逃げて！　逃げて！」

藤木くんはねえちゃんに声をかけて、自分も窓に飛びついた。そこに、起き上がったにいちゃんが迫ってくる。

大西くんが「うおおおーっ！」と叫んで飛び出した。横から体当たりを決めた。ぼくもすかさず、藤木くんの母ちゃんのシュミーズと原田のおっちゃんのパンツを、にいちゃんにぶつけた。攻撃としては全然強くなかったが、うまくシュミーズが広がってにいちゃんの顔を覆ってくれたので、ズボンとパンツを膝にひっかけていたにいちゃんはあせって、また転んだ。

藤木くんが外に出た。大西くんがつづいた。藤木くんが外から腕を引っぱり、ぼくが後ろからお尻を押して、なんとか大西くんもセーフ。最後はぼく――秘密兵器で手に持っていたエロ本をにいちゃんにぶつけ、一瞬ひるんだ隙に、外に出た。

あとはダッシュ。ひたすらダッシュ。車の入れないあぜ道を走り、にいちゃんが追いかけるのをあきらめて、ちん小屋の外から「わりゃ！　ぶち殺すど！」と怒鳴ったあとも、必死に走りつづけた。

自転車を停めた松林に駆け込むと、ようやく人心地ついて、汗びっしょりの顔を見合わせて、笑った。

なにもしゃべらなかった。しゃべらなくてもいいんだと思ったし、しゃべるのって違うよな、とも思った。

代わりに、ぼくたちは輪になった。

「いざとなったら玉を出せ！」

いっせいにキンタマとんがらしを出して、はじけるように笑った。

とんがらし同盟の話は、これで終わりだ。

次の日、おそるおそるちん小屋に行ってみたら、窓に鍵が掛かっていて、もう中に入ることはできなかった。シュミーズとパンツとたくさんのエロ本は、小屋の近くで、豆殻と一緒にたき火にくべられていた。にいちゃんが怒って燃やしたのだろう。真っ黒焦げになってくしゃくしゃに縮んだ母ちゃんのシュミーズを、藤木くんはしばらく黙って見つめていた。

一週間後、わが家は引っ越しをして、それ以来——もうすぐ四十二歳になるいまに至るまで、ぼくはあの町を訪ねていない。大西くんや藤木くんとも、中学生の頃までは年賀状のやりとりをしていたが、結局それっきりになってしまった。

ぼくのおちんちんは、もうとんがらしではない。セックスにかんする正しい知識も身につけたし、結婚して、子どもも二人できた。

今年の一月、地元の自動車工場で働いていた大西くんの上司から、突然、出版社を通じて手紙が来た。

大西くんがガンで亡くなったのだという。

上司が職場の机にあった遺品を整理していたら、ぼくの書いた本が引き出しに入っていて、そういえば「小学生の頃の同級生が作家になった」と自慢していたな、と思いだして手紙を書いてくれたらしい。

大西くんは独身のまま亡くなった。

小学校の卒業間際に苗字が「原田」に変わった藤木くんの消息は、手を尽くして探してみたが、いまもまだ、わからない。二十代の頃に交通事故で亡くなったという話を聞いた。そんなもの信じてはいないが、これ以上調べるのはやめておこうか、と思っている。

大西くんと藤木くんに捧げるつもりで、この小さなお話を書いた。

あの頃、ぼくたちがしょっちゅうつかっていた言葉が、もう一つあった。

最後に書いておく。

小学五年生のぼくたちは、「親友」という言葉が、大好きだったのだ。

モズクとヒジキと屋上で

1

二人は幼なじみの親友だった。誕生日が二日しか違わず、同じ産婦人科医院で生まれたので、新生児室にいた頃からの付き合いということになる。

二人はライバルでもあった。本人たちがどう思っているかは知らない。僕たち男子が勝手に決めた。

友だちで、ライバル――。

「淳子ちゃんと百恵ちゃんみたいなもんじゃのう」と言ったヨシオは、みんなからいっせいに頭をはたかれた。桜田淳子と山口百恵は聖域である。ヨシオはさらに「ミーちゃんとケイちゃんならよかろうが」「ほな、ランちゃんとスーちゃんはどないじゃ」とねばったが、ピンク・レディーおよびキャンディーズ路線はあっさり却下となった。どうでもいい話だが、キャンディーズのミキちゃんの名前を出さなかったヨシオの後頭部を思いっきりはたいたのは僕で、あたたたたっ、と頭を抱えたヨシオの額にデコピンをくらわせて「伊藤咲子はどこに行ったんじゃ、おうおう、わしのひまわり娘はどげんしてくれるんな」とワケのわからない駄々をこねたのはモンちゃんだった。

「おまえら……そげん話をそらさんでもええがな、なにしよるんな、痛いがな」

半べそをかいたヨシオは、よけいなことを言うものだから、また一発ずつ僕とモンちゃんに頭をはたかれて、本気で泣いた。

とにかく、あの二人は宿命のライバルなのだ。どんなに仲良しでも、じつは心の奥ではお互いに火花を散らし合っているのだ。

オンナとしての名誉をかけた戦いである。

いや、オンナとしての不名誉を押しつけ合う戦い、と呼んだほうが正確だろう。

赤コーナー、モズク。

青コーナー、ヒジキ。

中学に入学して以来、学年一のぶさいくオンナの座を押しつけ合ってきた二人が、ついに三年生で同じクラスになった。

ヤクザ映画で言えば頂上決戦である。正しくは最低決戦である。「目クソ鼻クソを笑う」の目クソにどっちがなるか、の争いである。

「先にオトコができたほうが勝ちじゃろう」ということで、僕たちの判定基準は一致していた。モズク派とヒジキ派の人数は、ほぼ同じ。どっちが勝っても不思議ではないし、どっちが勝っても結局は惨敗である。むろん、僕たちの理想を言えば、どっちにもオトコができない共倒れの両者リングアウト——願わなくても、九分九厘《りん》そうなる。

ただし、一厘の可能性が残っている。

「ありゃあせんわい、ボケ！」と僕は顔を真っ赤にして怒鳴り、「ええかげんにせえよ！」とモンちゃんはまわりにいた連中に端からデコピンをぶつけていった。

だが、ヨシオは言うのだ。

「わからんど、そりゃあわからん。オトコとオンナいうもんは理屈とは違うけん。ユウとモンちゃんも、いつ、どげなことで気持ちが変わるかわからんじゃろうが」

モズクは、モンちゃんのことが一年生の頃から好きだった。去年とおとしはクラスが別だったのでモンちゃんはひたすら逃げまくってきたが、いよいよ追い詰められた。向こうも中学生活最後の一年に賭けてくるはずだ、間違いなく。

同情する。心から。

もっとも、僕だって他人のことを心配している余裕などない。女子の話によると、最近ヒジキは僕のことを「小林《こばやし》くんって、ちょっとええん違う？」と言っているらしい。信じたくない。受け容れたくない。

「うらやましいのう、おまえら、モテモテじゃがな。ひょうひょうっ」

　声を裏返らせてからかってきたヨシオは、僕たちに左右の太股《ふともも》に膝蹴《ひざげ》りをくらって、無傷のはずのチンコをなぜか両手で押さえながら、やっぱり泣いた。

「ええがなええがな、グループ交際すりゃあ。モズクが隣におればヒジキも少しはましに見えるかもしれんし、ヒジキと一緒やったらモズクも意外とええオンナに見えるかもしれんど。毒をもって毒を制す、いうやつじゃ」

　うひゃひゃひゃひゃっ、とヨシオは泣き顔で笑う。懲《こ》りない男である。僕はすぐさまヨシオにヘッドロックをかけ、モンちゃんはすかさずヨシオのケツに七年殺し――カンチョーをしてやった。

　背筋や膝をぴーんと伸ばし、すり足でトイレに向かうヨシオを、僕もモンちゃんも大笑いして見送りながら、ふと顔を見合わせると、どちらからともなくため息をつく。ヨシオはもともとお調子者だが、ふだん以上にはしゃぎたくなる気持ちはわからないでもない。僕たちだって立場が逆なら、きっとそうなる。

あの二人が僕とモンちゃんを狙っているうちは、他の連中は無事でいられる。

　三年二組で、というより学年で一番ケンカの強いヒデくんからも、「ええか、ユウ、モンタ」と厳命されている。「モズクとヒジキはおまえらの責任で絶対に食い止めとけよ。ええの、おまえらがケツまくったら、わしらみんなが迷惑するんじゃけえの」――

スゴみを利かせた声で言いながら、ふだんはおっかない目つきが妙に頼りなく落ち着かない。学年最強のヒデくんすらビビらせる、モズクとヒジキにはそれだけの力があるのだ。

「のうのう、モンちゃん、どげんする？」

僕がすがるように訊《き》くと、モンちゃんは途方に暮れた顔で「どげんもこげんも……」と苦しそうに言って、「ユウはどげんするんな」とこっちに話を振ってくる。

そう訊かれても、僕だって困る。「かなわんのう……」とため息交じりに僕がつぶやいて、「ほんまにのう……」と肩をがっくりと落としてモンちゃんがうなずく。

四月の始業式から一週間、ずっとそんな調子だった。

僕たちだって、なにも鼻が高いとか低いとか、目が大きいとか小さいとか、おっぱいがあるとかないとか、そんなことでモズクとヒジキを忌み嫌っているわけではない。顔のパーツや体型を細かく採点していくのなら、あの二人よりも点数が低い子は何人かは――せいぜい二、三人といったところだが、いないことはないだろう。

だが、そういう子もモズクやヒジキよりずっとましだ、と僕たちはみんな思っていた。

問題は性格なのだ。行動なのだ。

モズクは入学した直後、隣のクラスのモンちゃんに一目惚れした。それはまあいい。誰をいつ好きになろうと本人の自由だ。

当然ながら片思いである。

もちろん、たとえ報《むく》われない恋でも、それを止める権利は誰にもないのだが、モズクは恋心をひそかに胸に抱いているようなタマではなかった。日野日出志《ひのひでし》の恐怖マンガに出てくるような顔で、やることは陸奥《むつ》A子のマンガのヒロインのようにイジイジしている。いや、イジイジが悪いのではなく、本人は隠しているつもりでも、それが丸ごとわかってしまうところが困るのだ。

放課後になると、モンちゃんの入っている野球部の練習をほとんど毎日見にくる。ときにはバックネット裏から、ときには校舎のベランダから、ときには外野の先のプールのフェンス脇から……と、神出鬼没だった。しかも、モズクは色白である。青白いと言ってもいい。体もガリガリに痩せている。せめて目をぱっちりと開けていればいいのに、集合写真に半分目を閉じて写ってしまう間の悪い奴のように、いつもとろんとした目をして、本人は「にこにこ」のつもりで、「にたーり、にたーり」とねばっこい薄笑いを浮かべる。全体のイメージとしては校内に出没する幽霊——一度、あいつが水飲み場から野球部の様子を見ているとき、ちょうど首から下が水飲み場の陰に隠れていたので、一年生をシゴきに来たOBが「生首じゃあ！」と腰を抜かしたこともある。

ちなみに、モズクが「モズク」と呼ばれるようになった所以《ゆえん》は、にわか雨の日に濡れた髪の毛が額に貼りついたところが、モズクみたいだったからだ。髪の毛が細くて、微妙に癖《くせ》もある。痩せているくせに汗っかきなので、しょっちゅうハンカチで額の生えぎわの汗をぬぐう。でも、モズクのような前髪は、汗で濡れて額に貼りついたままなのだ。

「海で溺れ死んだオンナの幽霊じゃ」「臨海学校で死んだんじゃ」「学校が恋しいけん、ふらふら出てきたんじゃ」……僕たち男子がそんなふうに話していることは、もちろんモズクは知らない。自分がモズクと呼ばれているのも知らないはずだし、その命名者がモンちゃんだということなど夢にも思っていないだろう。

だから、モズクはケナゲにモンちゃんを応援する。しなくてもいいのに、する。一年生の頃は練習の様子を遠くから見つめるだけですんでいたが、二年生になると、しだいに行動が大胆になってきた。

毎週一度は、モンちゃんのゲタ箱に手紙が入っている。〈門田《かどた》くんの笑顔に、いつも勇気をもらっています〉〈明日の試合がんばってください〉程度ならまだしも、ポエムが書いてあることもある。

〈わたし、雨の日が好き／どうして？／だって、あなたの背中を、カサに隠れて、いつまでも見れるから／わたし、雨の日が好き／どうして？／だって、そっとつぶやく「あ

い・らぶ・ゆう」を、雨音が隠してくれるから〉

そういうポエムである。モンちゃんは脅迫状と呼び、僕は呪いの言葉と呼んでいた。名前などなくてもモズクだというのはすぐにわかる。手紙の末尾に必ず入っている〈GOOD BYE〉のOがいつも一つ足りないのだ。神に別れを告げてどうするというのだ。二年生にもなってこんな間違いをする女子はモズク以外にはいない。

英語だけではない。数学も国語も、理科も社会もすべて、モズクの成績はひどいものだった。口数も少ない、というか、女子の早口のおしゃべりについていけないほどトロい。

それでも女子の中でいじめられずにすんでいるのは、ひとえにヒジキのおかげだ。ヒジキは強い。怖い。荒々しい。本宮《もとみや》ひろ志《し》の不良マンガに出てくる、学ランのズボンをベルト代わりの縄で締めたバンカラ番長がセーラー服を着たら、ヒジキになる。いや、大げさでもなんでもなく、強いのだ、怖いのだ、短気で乱暴者なのだ。怒ると椅子を振り回す。机まで放り投げてくる。怖いスケ番はカミソリの刃が武器になるものだが、ソフトボール部のヒジキは、両手にペッペッと唾をつけてグリップを握った金属バットで追いかけてくる。そういうオンナなのである。

太い眉が真ん中でつながっている、ように見える。鼻の下のうぶ毛が濃すぎてヒゲがうっすら生えている、ようにも見える。なにより髪が太くて、黒くて、硬い。シャンプーではなく洗濯用の粉石けんを髪につけて、タワシか軽石でこすっているとしか思えない。水泳の授業のあとは、その髪がいっそう太くなる。水で戻したヒジキみたいだから、「ヒジキ」――こっちは僕が命名した。

そんなヒジキが親友としてにらみを利かせているので、薄ら笑いのモズクも無事に中学生活を送っていけるのだ。

そして。

僕とモンちゃんとモズクとヒジキの短い物語は、放課後、帰りじたくをする僕の席にヒジキがのしのしと近づいてきたところから、火ぶたが切って落とされ、じゃない、ゴングが鳴らされ、でもない、幕が開いたのである。

2

「ちょっとええ?」と声をかけられた。語尾は疑問形で持ち上がっていても、ヒジキの場合、それは「ちょっと(用があるんやけど、断ったらしばき回すけど)ええ?」の意味なのである。

だが、急に言われても困る。四月の終わり――放課後は連日、修学旅行委員会が開かれている。サボるわけにはいかない。クラスの修学旅行委員をつとめる僕にとって、これは大事な公務なのである。委員会が終わると部活が待っている。修学旅行のあとすぐに県大会予選を控えているサッカー部のキャプテンとしては、練習に顔を出さないわけにはいかない。

その事情をきちんと、控えめに、半分逃げ腰になりながら説明すると、ヒジキは太い眉のつながった部分をグッと寄せた。

「女子の委員、誰？」

「え？」

「修学旅行委員、女子は誰がしとるん？」

「……竹内《たけうち》じゃけど」

「わかった」

僕をその場に残して、ヒジキは竹内さんの席に向かった。二言三言話し、竹内さんが困惑顔でなにか言いかけるのを指をボキボキ鳴らして黙らせて、最後に腕組みをして大きくうなずいて、話がまとまった。

僕の席に戻ってきたとき、ヒジキは臨時の修学旅行委員代行になっていた。

「しょうがないやん、竹内さんが具合悪い言うとるんやけん」

そんなめちゃくちゃな……と言わせるようなヒジキではない。握力をつけるために常に持ち歩いているソフトボール部の備品のハンドグリッパーをギシギシ鳴らしながら、

「ほな、委員会に行こう」と言う。断れない。目をそらすこともできない。

「なにしよるん、早《はよ》う行こう」

「……おう」

近くの席の連中は、いつのまにか男子も女子も遠ざかっていた。悔しいことに、男子はみんなニヤニヤ笑っている。ヒジキのあとについて歩く僕を心配そうに見てくれているのはモンちゃんだけだ。

「おうおう、アツいのう、アッツいのう」

調子に乗って囃《はや》し立てたヨシオの頭をはたいてくれたのも、モンちゃん。

友情に感謝した。モンちゃん、いつかこのお礼はするけえのう、と心に誓った。

だが、そのわずか一分後、渡り廊下に出た僕は、モンちゃんとの友情をめぐって窮地に立たされてしまうことになる。

「あのな、小林くん」

足を止めて振り向いたヒジキは、眉のつながった部分を寄せたまま、いきなり話を切り出した。

「うちが小林くんのこと好いとる、いうウワサがあるの知っとる?」

うなずいていいのかどうか、よくわからない。「うん」と「ううん」の間をとって、首をグニュッとひねると、「そげん照れんでもええやん」と笑われた。笑顔になると鼻の下のうぶ毛も一緒に動いて、いっそうヒゲっぽく見えてしまう。

「小林くんはどっちがええん？」

「はあ？」

「うちと付き合《お》うたほうがええか、付き合わんほうがええんか、どっちなん？」

そんなの決まっとるやろうが……と言わせるようなヒジキではない。なぜだ、なぜ、委員会に向かうときに金属バットを持っているのだ、このオンナは。

「……受験があるけん」

必死の思いで言うと、埃《ほこり》を払い落とすように「みんな同じっ」と返された。

「……部活があるけん」

今度は蚊を手のひらで叩きつぶすように「うちもある！」と言われた。

追い詰められた。思わず一歩あとずさり、いや待て、へたに距離を空けるとバットの芯がまともに来る、と思い直して一歩前に出た。

そんな僕のわれながら情けないビビり具合に、ヒジキは「あんた見とると、ジンマシン出そうやなあ」とあきれ顔で笑い、実際にふくらはぎを掻いた——バットの先でソックスを足首まで下ろして、そのままバリバリと。バットなんか使うな。というか、オトコの前で脚を掻くな。

「まあ、それはどげんでもええわ。そっちにもそっちの都合あるんやろうし」

都合の問題ではないのだが。

「うち、小林くんに一つ頼みがあるんよ」

それはつまり命令ということである。

「あのな、小林くん、門田くんと親友やろ？」

「おう……まあ……」

「門田くん、いま付き合うとる子、おらんやろ？」

嫌な予感がした。

モズクの薄ら笑いが浮かぶ。頼む、ユウ、と片手拝みをするモンちゃんの姿も浮かんだ。

だが、ヒジキは「うっしゃっ！」とガッツポーズをとり、「おらんのやな、よしよし」と一人で答えを決めつけて、話を先に進めた。

「片思いしとるひとは？」

じつは、いる。三年一組の村木さんだ。モズクとは使用前・使用後みたいにあまりにも対照的な、可憐でさわやかな、モンちゃんに言わせると伊藤咲子のイトコのような女の子である。

「なあ、門田くんって誰が好きなん？」

言えばいい。そうすればモズクもあきらめる、かもしれない。

しかし、村木さんの名前を出すと、ヒジキが「ちょっとあんた、門田くんに『嫌い』言うておいで。早う言わんとしばき回すよ」と脅すかもしれない。

迷った。悩んだ。ヒジキはさっきとは違って、しばらく黙って僕の答えを待っていた。

「……好きな子は、おる」

僕はうめくように言った。

「名前は？」と訊かれると首を横に振って、「知らん」と答えた。

「あんたら親友なんやろ？」

「親友じゃけど……知らんもんは知らん」

「隠しとるん？」

「……知らん」

ヒジキが金属バットのグリップを強く握り直すのが見えた。それでも言えない。言ってはならない。

「委員会に遅れるけん、先に行くど」

歩きだした。ただし、金属バットの一撃を警戒して、そろそろと、後ろ歩きで。

「ほんま、ジンマシン出るなあ、あんた見とると……」

またあきれ顔で笑ったヒジキは、バットを握る手をゆるめ、「小林くーん」と声を裏返して僕を呼び止めた。猫なで声のつもりだろうか。ソフトボール部の声出しでしわがれた声は、森進一の物真似にしか聞こえなかったのだが。

「小林くんと門田くんの友情、ええなあ。オトコとオトコじゃなあ、ほんま」

急に愛想が良くなった。

「そげな小林くんやったら、オンナとオンナの友情いうんもわかってくれるやろ?」

どうしたんだ、こいつ。

「協力してほしいんよ、うちに」

ヒジキはそう言って、初めてしおらしい表情になって「お願い!」と僕を見つめ、バットを再びグッと握り締めたのだった。

委員会の話し合いはちっとも頭に入らなかった。なにを聞いても耳を素通りしていくだけで、大事なことがどんどん決まったらしいが、メモをとる余裕すらない。

隣に座るヒジキの様子を、ちらっと、恐る恐るうかがってみた。あいつは平気な顔で、張り切って、竹内さんのピンチヒッターのくせに手を挙げて話にどんどん割って入って、いつのまにか三年二組は『旅行のしおり』担当になっていた。

よけいな仕事増やすな、アホ、ボケ、カス……言えるはずもないし、言う気力もない。

「委員会が終わるまでに考えといて」とヒジキに言われている。「うち、小林くんのこと信じとるけんね」と念も押され、釘も刺された。太い五寸釘だ。

モズクのことだった。

「いっぺんだけでええんよ。いっぺんだけ、男の子と付き合わせてあげたいんよ」

ヒジキはそう言って、「それがうちらの友情」と、五寸釘を深々と打ちつけた。

よけいなお世話じゃないか、とは思う。万が一の奇跡が起きてモズクにオトコができたら、ヒジキの最下位決定じゃないか、とも教えてやりたい。

だが、ヒジキはつづけて言ったのだ。

「修学旅行が終わったら、あの子、転校するんよ」

ほんとうは三月いっぱいで転校することになっていたのを、せめて修学旅行だけは行きたい、と頼み込んで延ばしてもらったらしい。

「最後の思い出がほしいんよ、あの子」

胸がじんとする——これがモズク以外の子の話で、ヒジキ以外の子から聞かされたのなら。

しかし、なんといってもモズクである。ヒジキである。あいつ転校するんか、と正直ホッとした。両手を大きく広げて「セーフ！」と声をはずませるモンちゃんの姿も浮かんだ。

「うちも最後に、あの子に一生忘れられんような思い出、つくってあげたい」

僕はモンちゃんに一生消えない心の傷を残させたくない。

「あの子、このままやと、ほんまに、なんもええことないまま転校していくんよ」

ポエム書いたがな、幽霊みたいにモンちゃんにまとわりついたがな、それで十分違うんか……と、口に出して言えないからこそ、心の中でまくしたてた。

すると、心の声が聞こえたかのように、ヒジキは眉のつながったところを折りたたむように寄せて、僕をにらみつけたのだ。

「小林くんが協力してくれんかったら、うち、あんたと付き合うよ。それでもええん？」

すさまじい脅し方だった。

ヒジキ以外の子には決して言えない、文字どおりの殺し文句でもある。

「毎日一緒に帰るし、手もつないで帰るよ、修学旅行のバスも隣同士で座るよ。それでもええんやったら、いまの話、忘れてええよ」

めちゃくちゃである。

自爆テロ——あの頃そんな言葉はなかったが、まさにそうとしか呼べない。ヒジキは自分のプライドを捨てて、モズクとの友情をとったのだ。

その脅しに乗るしかないのか。逆に、乗ってしまうとかえってヒジキのプライドを傷つけることになるのか。わからない。なにも応えられず、ただ黙ってヒジキを見つめた。

「信じとるよ、うち、小林くんのこと……」

眉をひそときわキツく寄せたヒジキの目が、赤くうるんできた。

なんで、と驚く間もなく、ヒジキは「のいて！」と僕を脇にどけて、のしのしと歩きだした。歩きながら、金属バットを振り回した。ちょうど通りかかった一年生の女子が悲鳴をあげてダッシュで逃げても、いつものように振り向いてにらみつけることなく、廊下の床にいる無数の幻のアリを踏みつけるような足取りで、ヒジキは歩きつづけたのだった。

それにしても。

とにかく、まいった。

委員会がもうすぐ終わる。モズクの思い出づくりに協力するかしないか、ヒジキと付き合うか付き合わないか、モンちゃんとの友情を守るか壊すか……結論を出す瞬間は、刻一刻と近づいてくる。

モズクと並んで歩くモンちゃん、ヒジキと並んで歩く僕、どちらも思い描くだけで背筋がゾクッとする。男子は誰も助けてくれないだろう。ヨシオは、どうせ、ここぞとばかりに「ひょうひょうっ！　かなわんのう、新婚さんじゃのう！」とからかってくるだろう。

悔しい。あのアホ、ほんまにいっぺんしばき回したらんと気がすまんのう、と小さく舌打ちをした、そのとき――。

頭の中で電球がピカッと灯った。

素晴らしいアイデアが浮かんだ。これはいい。絶対にいい。というか、もはや、僕とモンちゃんが生き延びるには、この方法しかない。

「おい、小林、話し合いの途中になにへらへら笑《わろ》うとるんな」

司会の黒田に文句をつけられた。もともと気の合わない奴だが、こっちは起死回生のアイデアを見つけだしてご機嫌なのだ。「おう、悪い悪い」と素直に謝ってやった。笑いも消えなかった。

「おまえ、態度悪いのう。さっきから全然真剣に聞いとらんじゃろうが」

「そげなことないって」

「ほなら、いま決まったこと言うてみいや」

「……たくさん決まったけん」

「それをぜんぶ言うてくれ、言うとるんよ」

勝ち誇ったようにからんでくる。

だが、「なんも言えんのかあ？　ほんなら……」とつづけた黒田の声をかき消すように、ギシッ、ギシッ、ギシッ、という不吉な、禍々《まがまが》しい音が聞こえた。ヒジキがいきなりハンドグリッパーをニギニギしはじめたのだ。黒田のようなヘタレを黙らせるにはそれだけで十分だった。

助けてくれたのか――？

ヒジキをちらりと見た。サンキューぐらいは目配せで伝えようと思っていたが、ヒジキは机の一点をにらみつけたまま、ハンドグリッパーのニギニギをつづけるだけだった。

委員会が終わった。

ヒジキはやっと僕を振り向いて、「考え、決まった？」と訊いてきた。

ここからだ、勝負は。

「いや、じつはのう……さっき思いだしたんじゃけど……」

「どうしたん？」

モズク――と言いかけて、「藤井《ふじい》」と言い直した。モズクの本名は藤井美智子《みちこ》。美しくもなければ智恵もない。完全な名前負け、コールド負けである。ちなみにヒジキの本名は宮本菜々子《みやもとななこ》。むろん、親の願いはともかく、間違いなく「菜」は野菜の菜、それも根菜系である。

「藤井のこと、好いとる奴がおるんよ」

「ほんま？」

「おう、なかなか打ち明けられんで、ずーっと片思いやったんやけど、藤井が転校するいうんを知ったら、勇気出すかもしれん」

「誰なん？」

「ヨシオじゃ」

「高野《たかの》くん？　ほんまにほんまなん？」

「おう、ほんまにほんまにほんまじゃ」

「ほんまにほんまにほんまにほんまにほんまなん？」

「ほんまにほんまにほんまにほんまにほんまなんよ、それが」

ヒジキの顔がパッと明るくなった。眉毛のつながった部分が開いた。よく見ると、左右の眉には、スエズ運河のようにわずかな隙間があった。ほんとうにつながっていたわけじゃないんだな、と初めて知った。

「ほいでものう、アレはああ見えて内気な奴じゃけん、最初は宮本がよけいなこと言うたらいけん。わしに任せえや。わしとモンちゃんでなんとかしちゃる」

うん、うん、うん、とヒジキは大きくうなずいた。心底ホッとした様子で、心底うれしそうだった。

ヒジキにもこんな表情を浮かべることがあるんだというのも、初めて知った。

3

翌朝早く、野球部の朝練に来たモンちゃんを校門の前で待ちかまえて、ヒジキとの一件を伝えた。

「おまえもワヤくちゃなことするのぅ」

モンちゃんはあきれはてて言った。

「しかたなかろうが。あのままじゃったら、ほんまにヤバかったんじゃけん」

「それはそうじゃけど……」

「ええがな、ヨシオのアホも少しは苦労したほうがオトナになるわい。それに、どうせ修学旅行が終わったらモズクはおらんようになるんじゃけえ、そこまでの辛抱よ。転校したあとは文通でもなんでもすりゃええんよ」

「まあ、のう……」

「もしモンちゃんが絶対にやめえ言うんじゃったら、やめるけど」

言うわけがない。

二人で昇降口に回った頃には、モンちゃんも覚悟を決めて——というか、すっかりその気になって、「ヨシオもかわいそうなこっちゃ」と笑っていた。

「アホ、いちばんかわいそうなんはわしじゃ。手間ひまかけとるんど、ほんま……」

ゆうべはテレビも観ずに机にかじりついたのだ。高校二年生の姉貴に「ユウも色気づいてきたん違う？」とからかわれながら、中学時代から箱に入れて取ってあった『りぼん』の付録のレターセットをもらった。『明星』や『平凡』の歌本を広げ、ポエム心を必死にかきたてて、オリジナルのポエムを書いた。

〈ねえ　ＤＯ　ＹＯＵ　ＫＮＯＷ？　ぼくの気持ち／きみの笑顔がまぶしすぎて　いままで言えなかったんだＭＹ　ＬＩＴＴＬＥ　ＬＡＤＹ／だけどいま　勇気を持って　ぼくの心はＴＡＫＥ　ＯＦＦ！／青空にはばたく白い鳥になって／きみの胸にクチバシでノック／きみが好き／きみが好き／世界でたった一人のきみに告げるよ／Ｉ　ＬＯＶＥ　ＹＯＵ〉

書きながら、こっぱずかしさに何度もうめいた。できあがったポエムを読み返していると、鳥肌まで立ってしまった。

封筒の差出人のところには、〈3年2組　Ｙ・Ｔ〉と書いた。高野義男《よしお》のＹ・Ｔである。クラス名簿で確かめた。だいじょうぶ。イニシアルがＹ・Ｔの男子はヨシオしかいない。

「よし、モンちゃん、入れるど」

モズクのゲタ箱を開けた。黒ずんだ上履きが入っている。女子はみんな毎週のように上履きを持ち帰って洗っているが、モズクはそんなことをする奴ではない。

「臭そうじゃのう……」

「ユウ、におい嗅《か》いでみいや」

「アホ」

「嗅がせちゃろうか？」

と言いながら、モンちゃんにも上履きに手を伸ばす勇気はない。

ほんとうに汚い。それでも、同じ黒ずんだ上履きでも、踵《かかと》を踏みつぶしていないだけ、ヒジキよりはましなのかもしれない。

手紙を入れた。ゲタ箱の蓋《ふた》を閉めたモンちゃんは指先を僕の背中になすりつけて、ダッシュした。僕も全力疾走で逃げた。

昇降口からグラウンドに出ると、ちょうど朝日と向きあう格好になって、まぶしさに

一瞬目がくらんだ。

おそらく、一時間後のモズクも、ゲタ箱を開けたとたん同じようなまぶしさに包まれるはずだ。

しかも、そのまぶしい光はバラ色である。

「……おう」

思いがけない感動に体温がトカゲのように上がり、汗ばんで、前髪はふだん以上にべったりと額に貼りつくだろう。

Y・T、Y・T、Y・T……イニシアルにあてはまる奴を探し、『ゴルゴ13』のライフルスコープの照準がヨシオの顔にぴたっと合った瞬間、青白い顔が、にたあーっとゆるむ——その表情がくっきりと思い浮かんだ。

「のう、ちょっと聞いてくれんか……」

昼休み、僕とモンちゃんとトイレで一緒になったヨシオは、泣きだしそうな顔で言った。「気のせいじゃ思うんじゃけど」「そげなことないと思うんじゃけど」と自分に言い聞かせるように何度もしつこく前置きして、並んで小便しながら「ちぃとヘンなんよ」と声をひそめる。

僕とモンちゃんは顔をちらりと見合わせ、笑いを噛《か》み殺《ころ》しながら、「なんな、どげんした」「チンポがムケたか？」と訊いた。

「……追いかけてくるんよ」

「誰が？」

「……いや、その、気のせいやったらええんじゃけど……モズクが……朝からずーっとわしのこと見とって……目が合うと笑うんよ」

「ほんまか?」

モンちゃんはびっくりした声で応《こた》えた。意外と芝居がうまい。

「ほいでの、どげん言うたらええか、なんか、今日は朝から距離が近いんよ。なんか知らんけど、すぐにモズクが目に入ってしまうんよ」

わかる。僕も朝から気づいていた。モズクは確かにヨシオとの距離を詰めている。休み時間になると用もないのにヨシオの席の脇を通り、ヨシオがベランダに出ると自分も出て、理科室に移動するときも、ヨシオが教室を出るまで自分も出ない。

「いまも……ついてきたんよ」

トイレの外にいる、という。

ヨシオが出てくるのをじっと待っているらしい。

ガッツポーズをつくりたい気分を必死に抑えて「どうしたんじゃろうのう」ととぼけると、ヨシオはすがるように「モズクはモンちゃんが好きなんじゃろ? のう、モズクはモンちゃんじゃろう? のう、ユウも知っとるよのう、モズクはモンちゃんが好きなんよの?」と僕たちを交互に見た。

「ほいでも、オンナの気持ちはすぐに変わるけんのう」

「なんな、ユウ、ひとごとみたいに言うなや」

「ひとごとじゃがな」

「……どげんすればええんじゃろ」

「愛に応えちゃれ」

「アホ！　言うてええ冗談といけん冗談があろうが！」

本気で怒りだすヨシオを放っておいて、僕たちは便器から離れた。「ちょ、ちょっと待てや、わしも行く、わしも一緒に出るけん、待っとってくれえや」とヨシオはあせったが、小便は終わらない。

「お先にぃ」

僕は手洗いをした指をはじいて、ヨシオの首に水をかけた。

「がんばれよお」

モンちゃんはヨシオのズボンの尻をキュッと持ち上げて、「うわっ、わっ、ションベがつくがな！」とヨシオをさらにあせらせた。

トイレから出ると、ヨシオの言うとおり、モズクは一人で廊下に立っていた。出てきたのがヨシオではないと気づくと、窓のほうに目をそらす。本人はさりげなくやっているつもりでも、知らんよ知らんよ、偶然なんよ、うち、たまたまここにおるだけなんよ……という声まで聞こえてきそうな、ばたばたとしたしぐさだった。

僕たちは笑いをこらえ、うつむいてモズクの前を通り過ぎた。

「のう、ユウ」

「うん？」

「モズクはほんまにヨシオに惚れたんじゃろか」

「そりゃそうじゃろ。そうでなかったら、便所まで追いかけてくる理由がなかろうが」

「ラブレター一発でか？　昨日まではなんとも思うとらんかったオトコに、今日から惚れるいうんが、ほんまにできるんか？」

「どげんしたんな、モンちゃん、モズクに捨てられたんが悲しいんか」

「そげなんと違うわい、ボケ」

僕の頭をはたいたモンちゃんは、「ほいでも……」と首をかしげてつづけた。

「やっぱりあせっとるんかのう。転校するまでに、なんかええ思い出をつくらんといけん思うて」

「必死なんよ」

「嘘の思い出でも、やっぱり、なんもないよりはええんかのう」

「おう……」

そう考えてみると、ちょっとだけ相槌《あいづち》も沈んでしまう。これがモズクでなかったら、もっと落ち込んでしまうかもしれない。

ゴールデンウィーク明けの修学旅行までは、あと半月足らず——連休を引けば、実質的には一週間しかない。

「まあ、あとちょっとの辛抱じゃけん」

笑って言ったが、モンちゃんは笑い返さず、「あとちょっとじゃったら……わしが辛抱したほうがよかったかもしれんけど……」とつぶやくように言った。

「どげんしたんな、モンちゃん。元気出せや」

「元気じゃ、アホ」

「ほなおまえ、モズクと付き合うてもええ言うんか？」

「そういうんと違うけど……」

しっかりせえや、とモンちゃんの背中を叩いたとき、後ろから駆けてきたヨシオが僕たちを追い越していった。僕たちに合流する余裕もなく、いや、気づく余裕すらなかったのか、必死の形相で廊下を走り、僕たちを追い越したあともスピードをゆるめることなく教室に駆け込んだ。

トイレのほうを振り向くと、モズクはいつものねばついた微笑みを浮かべて、ヨシオを見送っていた。最初は追いかけようとして、途中であきらめたのか、意外と僕たちとの距離は近かった。

逃げるように前に向き直った僕たちも、自然と足取りが速くなった。

「のう、ユウ……モズクの顔見たか？」

「おう、ほんまにぶさいくじゃったのう」

「違うわい、そういうことじゃのうて……顔がほんまに青白かったろうが」

「いつもそうじゃがな」

「ほいでも……いつもより、もっと青白かったような気がする」

そうじゃったかのう、と首をひねった。後ろを振り向いて確かめる気は起きない。モンちゃんにもそこまでの勇気はなさそうだった。

「興奮したら顔が青うなるんよ、アレは。化け物なんじゃやけえ」

僕は笑って言ったが、モンちゃんは今度も笑い返してはくれなかった。


その日の放課後の修学旅行委員会に、ヒジキはまた臨時の委員代行として出席した。

「高野くんからラブレターもろうたって、ミッちゃん言うとったけど」

ヒジキの顔は半信半疑だった。そこまでは最初から織り込み済みである。

「おう、おせっかいかもしれん思うたけど、昨日、電話して教えてやったんじゃ。藤井が転校するんど、悔いの残らんようにせんと、いうて。それでヨシオも勇気出したんじゃろ」

ふうん、とヒジキはうなずいた。僕を見る目には、まだ疑いが残っている。

ちょっと仕掛けが早すぎただろうか。ゆうべ聞いて、ゆうべのうちにポエムを書くというのは、やはり不自然だっただろうか。ギシギシとハンドグリッパーが軋《きし》んだ音をたてる。今日は両手だ。

「でも、高野くんはなかなか目を合わせてくれん、言うとったけど……」

「照れとるんじゃ」

「ラブレターまで出しとるのに？」

「手紙に書くのとじかに会うのは、やっぱり違うけえのう。それがオトコごころいうもんなんよ」

ふうん、とヒジキはもう一度うなずいて、まあええけど、とやっと目をそらしてくれた。

「藤井はどこに転校するんか？　けっこう遠いんか？」

ヒジキは「どこでもええやん」とそっけなく言って、また僕を見た。眉をグッとつなげて、「小林くんのこと、うち、信じとるけんね」と低い声で言う。

「……なにが？」

「もしもあんたが嘘ついとったら……」

「嘘って、どげなことか」

声が震えそうになった。

「高野くんの代わりにラブレター書いとったりしたら、うち、許さんけんね、絶対に許さんけんね」

ハンドグリッパーの音が、地獄の底から響くように、ひときわ大きくなった。怖い。本気で怖い。だが、もういまさらやめるわけにはいかない。

ヨシオが震える声で「ちょっと見てくれえや、これ……」と僕たちに封筒を差し出したのは、翌朝のことだった。

マンガの付録ではないレターセットに、ポエムが書いてあった。ゲタ箱に入っていたのだという。

ポエムには『ショッキング・レインボー』というタイトルまでついていた。

〈恋は突然訪れるもの　古い詩集に書いてあったわ／だけど私がヒロインになるなんて／恋の神さまのイタズラかしら／私の心は赤、青、黄色、緑、紫、金色、オレンジ、まぶしくて、美しくて、目がまわりそう／でも　皮肉なものね／私は悲しいシンデレラ／お城の時計はもうすぐ十二時をさすの／間に合うかしら　恋の炎が意地悪な時計を焼きつくすまで／待ってます　愛の言葉がもう一度シンデレラに魔法をかけてくれることを／心の虹に祈りをこめて／ｇｏｄ　ｂｙｅ〉

やはり神に別れを告げている。そして、どうでもいいことだが、虹に金色はない。さすがモズクである。

「どげんしようか、のう、ユウ、モンちゃん、わし、どげんすりゃあええんか……」

ヨシオは泣きだしそうだった。

便箋にはツブツブ付きのイチゴが印刷されていた。ツブツブを爪でひっかくとイチゴの香りがする、と書いてある。すでにツブツブにはひっかいた痕《あと》があった。なんだかんだと言いながら、しっかり試しているところが、さすがにヨシオである。

「魔法をかけてやりゃあええがな」

僕は笑って便箋をヨシオに返し、のう、とモンちゃんを振り向いた。

モンちゃんは難しそうな顔をして、にこりともせずにうなずくだけだった。

4

次の日の朝、僕はまた早起きをして、朝練に出るモンちゃんを付き合わせて昇降口に向かった。

モンちゃんは「ヤバいん違うか、ほんま」と逃げ腰だったが、だからこそ、やらなければならないのだ。明日からゴールデンウィークに入って、学校に来るのは飛び石になる。今日のうちに仕掛けておかないと、それこそ、事態はさらにヤバくなってしまうだろう。

新作のポエムを書いた。

モズクのポエムへの返信である。タイトルも『はにかみ屋のプリンス』にした。

〈ボクは　はにかみ屋のプリンス／手紙の中では恋の大冒険ができるのに／きみを見ると心が手錠につながれて　引っ込み思案の毎日サ／だけど　わかってほしい　マイ・プリンセス／なにも言えないから　テレパシーで感じてほしい／※I LOVE……／I LOVE YOU！※／ボクは　はにかみ屋のプリンス／きみのことが忘れられないのに／教室ではつい冷たいそぶりで　きみを悲しませる毎日サ／だけどわかってほしい　マイ・プリンセス／遠くから見てるよ　きみの笑顔を／※印～※印くりかえし〉

「これじゃったら、ヨシオが逃げ回ってもおかしゅうなかろうが」

昨日の昼休み、ヨシオは給食を終えるとダッシュで教室を飛び出し、どこに隠れていたのか、五時間目の予鈴が鳴るまで教室に戻ってこなかった。きっと今日も、そんなふうにひたすらモズクから逃げ回るのだろう。

昨日のモズクは見るからに元気がなかった。昼休みはヒジキと二人でベランダに出て、ずっと話し込んでいた。

僕も逃げた。放課後の修学旅行委員会を「下痢しとるけん」と急きょ欠席して、サッカー部の練習中もなるべくソフトボール部のゾーンには近寄らないようにしていた。だが、その手が使えるのは一日かぎりだろう。このままだと今日はもっとヒジキに疑いの目で見られてしまうはずだ。ハンドグリッパーが鉄アレイに変わっていたら……ごまかしとおす自信がない。

「しかし、ユウもようこげなくだらんポエムを考えつくのう」

「そげなこと言うけど、大変なんど、こういうんを書くんも。こっちはおまえを助けてやろう思うて必死なんじゃけん。少しは感謝せえや、ボケ」

「ほいでも……モズクも、ちいとかわいそうになってきたのう……」

「いまさらなに言うとるんな。ほれ、入れるど。早うせんと、みんなが来るがな」

手紙をモズクのゲタ箱に入れた、そのとき――背後にひとの気配がした。

先に振り向いたモンちゃんは、「あうっ」と裏返った声を出してあとずさった。背中が当たったゲタ箱がガタガタと揺れる。

まさか――。

おそるおそる振り向くと、悪い予感どおり、ヒジキが立っていた。

「……どういうことなん、これ」

スポーツバッグを引っかけて肩に載せていた金属バットをゆっくりと降ろし、怒りに満ちた荒々しいしぐさでバッグをはずすと、グリップをギュッと握りしめた。

「なあ、小林くん……どういうことなん」

詰め寄られた。モンちゃんはゲタ箱伝いにカニのように逃げたが、ヒジキの狙いは僕一人だった。

「うち、おとつい言うたよなあ、もしも嘘やったら許さん、て。ロン中にバット突っ込んで歯をぜんぶ折っちゃるけん、言うたよなあ」

そこまでは言っていない。

「あんたも、もし嘘やったら、両手両足の爪を剥《は》がされても文句言わん、言うたよな」

言うとらん言うとらん、と首を必死に横に振ったが、ヒジキはさらに一歩詰め寄ってきた。眉が吊り上がってVの字になっている。闘牛士に立ち向かう猛牛のように、肩で息をついている。

「なしてこげなことするん」

だめだ、逃げられない。

「なあ、小林くん……なして、こげなことせんといけんの……」

土下座か。やはり、ここは土下座しかないのか。しかし、背中をさらしていいのか。背骨をバットで叩き折られたら、一生車椅子になってしまうのではないか。いや、もしもバットを振り下ろす先が後頭部だったら、このまま、こんなところで、土下座のポーズのまま、わずか十四年の短い人生が終わってしまうのか……。

「小林くん……許さんよ、うちは、あんたのこと、絶対に許さんよ……」

来る。バットが来る。人生が終わる。思わず目をつぶると、ガラン、という音が足元から聞こえた。

バットが床に落ちていた。

ヒジキは僕をにらみつけながら、涙をぼろぼろ流していた。Vの字の眉をひくつかせ、しわがれた声をあげて、泣いていた。

僕はワケがわからないまま、とりあえず、走って逃げた。ヒジキは追いかけてこなかった。その場に立ちつくして、全身をぶるぶる震わせながら、泣きつづけていた。


その日、モズクは学校を休んだ。

朝のホームルームのとき、担任の山下先生が、「藤井さんはゆうべ熱を出して欠席です」と教えてくれた。

先生はさらに、モズクが修学旅行までは学校を休むことを伝え、「お父さんやお母さんとも相談したんですが、今日、みんなにも伝えることにします」とつづけた。

モズクの転校先は、大学病院だった。

県でいちばん大きく設備も整っている大学病院には、長期にわたって入院する子どものために学校も設けられている。モズクは心臓の病気の治療を受けながら、その学校に通うのだという。

「それで……まあ、病気が治って退院しても、病院の近くにおったほうがええいうことで、家も引っ越すそうです。じゃけん、みんなとは修学旅行でお別れ、いうことになります」

先生の口調は弱々しかった。「病気が治って退院しても」のところが、特に。

ヒジキは「転校」の意味を知っていたのだろう。だから僕にあんな話を持ちかけて、僕が嘘をついたことを知るとあんなに怒って、裏切り者の僕をしばき回す前に泣きだしてしまったのだろう。

ヒジキの様子が気になったが、あいつの席のほうを見る勇気がない。みんなもしんと静まりかえった。クラスの男子一同に忌み嫌われていたモズクがいなくなるというのに、笑ったりしゃべったりする奴は誰もいなかった。

先生はそんな教室の空気を必死に盛り上げるように、声を明るくして言った。

「さ、まあ、藤井さんの話はここまでで……いまからバスの席順を決めるんじゃろ？はい、修学旅行委員は前に出て、司会して」

教室はそれでやっとにぎやかになった。

僕と竹内さんが教壇に立って、黒板にバスの座席表を書いた。

二人掛けのペアは、あらかじめ決めてある。僕はモンちゃんと一緒で、モズクは当然ながらヒジキとペアだった。

みんなの希望を聞きながら、車酔いする奴は前のほう、ヒデくんを中心とするガラの悪い連中は最後列のロングシート、というふうに席を埋めていく。

僕は司会を竹内さんに任せて、黒板に貼りついてせっせと書記をつとめた。みんなの席を向きたくない。ヒジキと目が合うのが怖い。

「宮本さんは？　どこがええですか？」

竹内さんに当てられたヒジキは、「うちと藤井さんは6のAとBにしてくれる？」と言った。淡々とした声だった。もう涙の名残はない。それに少しホッとして、しかし、だからこそ逆に、気持ちがさらに沈んだ。

ヒジキとモズクの席はバスの真ん中あたりだった。前後と通路を隔てた右が空いている。すでに席を決めた連中は自分のそばに二人が来なくてホッとしているだろうし、これから決める奴らは、なるべく二人から遠い席を希望して、おそらく最後はじゃんけんまで持ち込まれるだろう。

「門田くんは？　門田くんと小林くんは、どこがええですか？」と竹内さんが訊いた。

モンちゃんはしばらく黙っていた。「門田くん？　門田くん？」と竹内さんに二回うながされると、ようやく不機嫌そうな声で言った。

「わしとユウは……7のAとBにするけん」

声にならないどよめきが教室に広がった。

みずからモズクのそばを選んだのだ。僕までヒジキのそばに付き合わせた。

虎穴《こけつ》に入らずんば——か？
飛んで火に入る——なのか？
チョークを折りながら〈門田〉〈小林〉と書いた僕は、そっとモンちゃんの様子をうかがった。
モンちゃんは腕組みをして背筋を伸ばし、オヤジのように目を閉じていた。

5

「オトコには、損をこく思うても、ハラをくくらんといけんときがあるんじゃ」

確かにモンちゃんはオトコだった。

「言うとくけど、わしはモズクのことは好いとらん。心臓の病気があろうとなかろうと、わしがモズクを好きになることは、絶対にありゃあせん。ほいでも、わしを好いとるモズクの気持ちには応えちゃる。それがオトコいうもん違うか？」

違わない。モズクがモンちゃんに惚れていたのは正しい。意外とオトコを見る目のある奴だった。

ヒジキはしょっちゅうモンちゃんの席に行って、修学旅行のことを話し合っている。

僕のことはまるっきり無視——しばかれるより軽蔑《けいべつ》されたほうがええがなと最初は思っ

ていたが、日がたつにつれて、悔しさのような寂しさのような、悲しさのような腹立たしさのような、ぜんぶまとめて情けなさとしか呼べないものが胸に溜まってきて、二人のそばには近づけなくなってしまった。

　連休に入ると、学校のある日は飛び飛びになった。ヒジキとモンちゃんがどんなことを話しているのか、気になっていても訊けない、もどかしい日々がつづく。電話を一本かければモンちゃんに教えてもらえるのに、それができない。モズクというよりヒジキのことが話に出てくるのが怖かった。しばかれるのが怖いのではなく、もっと大きくて、もっと深くて、もっと胸をキリキリさせる怖さ……そういうのを感じるのは生まれて初めてだった。

「どうも、モズクの調子、あんまりようないみたいじゃや。修学旅行も、医者は行かんほうがええ言うとるらしい」

　モンちゃんがぽつりと言ったのは、連休明けの朝だった。

　ヒジキも「ミッちゃんが旅行によう行けんのやったら、うちも行かんけん」と言っているらしい。山下先生や両親は懸命に説得していたが、一度決めたら絶対に揺るがない奴なのだ、ヒジキは。

「あいつもモズクに負けんぐらいぶさいくなオンナじゃけど、根性はあるで、たいしたもんじゃ」

モンちゃんはそう言って、「アレがオトコじゃったら、わし、親友になっとったかもしれんのう」と付け加えた。

「なに言うとるんな、モンちゃんの親友はわしじゃろうが。そげなことになったらわしの立場がないがな」

わざとあせったふりをして笑って応えたが、僕も心の奥では、モンちゃんと似たようなことを思っていた。

ヒジキやモズクがオトコだったら、ぶさいくもなにも関係なくて、もっと気軽に話せて、いいところも見つけられて、ほんとうに親友になれたかもしれない。

修学旅行の行き先は九州だった。バスで二泊三日――阿蘇《あそ》、長崎、太宰府《だざいふ》を回る。

モズクの具合は、やはりよくない。

本人は旅行をすごく楽しみにしていて、絶対に行くんだと言い張っているらしい。連休中はずっと微熱があって、大学病院の先生に頼み込んで地元の病院まで特別に出張してもらうほどだったのに、とにかく行きたい行きたい行きたい行きたいと駄々をこねて、出発日の朝の様子で行くか行かないかを決める、というところまでねばったのだという。

幽霊のような青白い顔で、いつも半分眠ったような目でぼーっとしていたモズクが、初めて意地を張った。

「おふくろさんもびっくりしとるんじゃと。それくらいの元気があるんじゃったら手術も平気じゃなあ、言うて……無理やり笑うとるらしい」

ヒジキはモズクの話をモンちゃんにしか教えてくれない。あいかわらず僕は無視されつづけている。嫌われて、軽蔑されて、たぶん恨まれて、憎まれてもいるのだろう。

怒ったままでもいいから、せめてきちんと謝りたかったが、ヒジキはそれすら許してくれない。モズクとヒジキの住んでいる団地まで自転車で向かっても、建物の中に入る勇気が出てこない。謝りたいのに謝れないというのは、ほんとうにキツくてツラい。

「そげん落ち込むなや。ユウもわしを救おうとしてやってくれたんじゃがな。友情のためにアホなことをするんは、ちいとも悪いことやないど。わしは、そげん思うとる」

モンちゃんに慰めの言葉をかけてもらえばもらうほど、自分が情けなくなる。

修学旅行の前日、モンちゃんがヨシオをしばき回した。モズクの病気のことを知った直後はさすがに少し元気がなかったヨシオだったが、連休中にすっかり立ち直って、「モズクはよっぽど具合が悪かったけん、幻覚を見たんよ。ほいで、わしとモンちゃんを間違えてしもうたんじゃろ」とノー天気に笑っていた。さらに調子に乗って、「これでモズクにまとわりつかれんでもすむけん、モンちゃんもよかったがな」と言ってしまって、モンちゃんに本気でしばかれたのだ。

鼻血を出して泣きながら保健室に連れて行かれたヨシオは、とことんまでアホな奴だった。山下先生にどんなに叱られても、絶対にヨシオに謝らなかったモンちゃんは、とことんまでカッコいい奴だった。

そして、僕は——。

連休中からずっと思っていた。確かにモンちゃんがからんでいなければ、あんなことはしなかったはずだ。親友だからできた。でも、たとえモンちゃんがらみでも、これがモズクとヒジキとヨシオ以外の奴らを巻き込む話だったら、もうちょっとヤバいかもしれないと思って、もうちょっと迷って、もうちょっとまともな作戦を考えたかもしれない。

相手がモズクだから。ヒジキだから。ヨシオだから。

「人間はみんな平等だ」なんて嘘だと思う。絶対に違うと思う。そう思う自分が、僕はいま大嫌いで、大嫌いだけど僕は僕以外の人間にはなれなくて、それが悔しくて……。

人間は平等ではない。とことんまでサイテーなドンケツの奴が言うのだから文句あるか。

翌朝、バスの出発時刻になっても、モズクは姿を見せなかった。ヒジキも、やはりモズクに付き合って旅行を休んでしまった。

六列目のAとBがぽっかり空いたまま、バスは学校を出発した。

七列目のAに座ったモンちゃんは、グラウンドでバスに乗る順番を待っているときからじっと黙りこんでいた。バスが走りだしても、体ごと窓の外を向いて、とても声をかけられるような雰囲気ではない。

僕だってずっと落ち込んだままだった。つい半月ほど前までは楽しみでしかたなかった旅行なのに、いまはもう、その先の信号でバスを停めてもらって降りてしまいたいほどだった。

「ユウ……」

モンちゃんが窓の外を見たまま呼んだが、返事をする元気もない。

「ユウ……おい、ユウ……」

ええよモンちゃん、わしのことは気ィつかわんでも、と力なく笑って首を横に振ると、モンちゃんは僕の腕をつかんできた。

「……どげんした？」

「外……外……」

「うん？」

「前……前……」

モンちゃんは交差点を指差した。人影が、三人——自転車にまたがったヒジキと、車椅子に乗ったモズクと、その後ろに立つモズクの母ちゃんだった。

見送りに来てくれたのだ。いや、お別れを告げに来たのだろうか。パジャマの上にジャージの上着を羽織ったモズクは、遠目にもはっきりとわかるくらいガリガリに痩せていた。

こういうときにかぎって、交差点の信号は青のままだった。バスを停めてください、と運転手さんに言いたくても、声が出ない。

バスが交差点を通り過ぎる。モズクは胸の前で手を振っていた。僕たちのほうを確かに見ていた。ほかの奴らは誰も気づいていなかったけど、モズクは確かに笑っていた。

ヒジキがバスを追いかけてきた。自転車を立ち漕ぎして、スカートをひるがえして、モンちゃんを呼ぶ。僕を呼ぶ。

「あんたら！　ミッちゃんにおみやげ買《こ》うてきんさいよ！　なんでもええけん、おみやげ買うてきんさいよ！」

モンちゃんが窓を開けたときには、もうバスはスピードを上げてヒジキを振り払っていた。でも、僕は確かに聞いた。モンちゃんも確かに聞いた。

連休明けからずっとぼんやりしていた風景に、やっと厚みが戻った。

修学旅行のお小遣《こづか》いは五千円——そのほとんどをつかって、僕はヒジキにおみやげを買った。

「気前のええこっちゃのう、ユウ」とからかうモンちゃんだって、僕よりもっとすごいものをモズクに買ってきた。

「わし、親以外にみやげを買うんは初めてじゃ」と僕が言うと、モンちゃんは「わしもじゃ」とうなずいて、気持ちよさそうに九州の空を見上げてつづけた。

「誰かのためになにかするいうんは、ええもんじゃのう……」

「おう……」

ちなみにヨシオは、一泊目の自由行動のときに知らない学校の奴らにカツアゲされて、お小遣いをとられたうえに殴られた。なにをやらせても間の悪いオトコである。

だが、そんなアホなヨシオも、じつは一つだけいいことをした。

それを伝えるのを口実に——僕とモンちゃんは旅行の最終日、山下先生に頼んで、バスが学校に着く前に降ろしてもらった。

男子のみんなに冷やかされながら、最初は歩いて、角を曲がってバスから見えなくなったのを確かめると、あとはダッシュで、モズクとヒジキのウチがある団地に向かった。

二人は屋上にいた。

モズクのウチは、今日、引っ越しの荷物の運び出しだった。埃を吸ったら体によくないから、と朝からヒジキのウチで過ごし、夕方になって屋上に出た。

「そろそろバスが学校に着く頃かなあ、いうて話しとったところなんよ」と言うヒジキの手にはぼろぼろになった『旅行のしおり』が握られていた。モズクと二人で、今日はどこに行ったんだろう、いまごろどこにいるんだろう、と心の中で旅行をしていたのかもしれない。

モズクは僕たちを見送ったときと同じように車椅子に乗っていた。あの日から二日しかたっていないのに、さらに痩せてしまったように見える。顔色も、夕陽を浴びているのにちっとも赤くない。

それでもうれしそうだった。とろんとした目でモンちゃんを見て、にこにこ笑っていた。

そんなモズクに、モンちゃんは、ちょっとふてくされたように片手をズボンのポケットにつっこんだまま、「これ、買うてきたけん」とおみやげを差し出した。

太宰府天満宮のおまもりだった。

モンちゃんはそれ以上のことを言うつもりはなさそうだったので、僕が代わりに教えてやった。

「絵馬も書いたんど、モンちゃん」

へたくそな字で、〈藤井美智子さんの病気が早く治りますように〉と書いた。「モズク」ではなく、ちゃんと名前であいつのことを呼んだ。

通りかかったヨシオが「おおーっ、ラブレター、らっぶれったあ、らっぶれったあ」と囃し立ててきた。顔じゅうバンソウコウだらけにしながらでも、こういうときに黙って立ち去れる奴ではないのだ。懲りない。反省も進歩もない。そういう奴だから、しばいてもしばいても嫌いになりきれないんだな、と初めて思った。

モンちゃんがすかさずヨシオにヘッドロックをかけて、身動きがとれなくなったところで、僕がバンソウコウを勢いよく剝がした。

「あたたっ、痛いがな、やめてくれえやあ」と半べそをかくところまではいつものヨシオだったが、モンちゃんが「おまえも書くか?」とサインペンを差し出すと、驚くほど素直に、表情を引き締めて、「書く……」と言った。

〈また3年2組に戻ってこいよ!〉

モンちゃんよりさらにへたくそな字だったし、絵馬と寄せ書きをごっちゃにしている。

だが、モンちゃんは絵馬をじっと見つめて「サンキュー」と言った。ヨシオも笑わずに「うん……」とうなずき、別の友だちを見つけるとそっちに駆け出していった。

「ユウも宮本にみやげを買うてきたんじゃ」

モンちゃんが言った。

「ほんま？」

ヒジキはあの日以来初めて、僕を見た。あいかわらずおっかない顔だったが、ほんの少し、ほんのちょっと、一ミリの何分の一かだけ、機嫌が直っているように見えた。

僕は「これ……」とおみやげの包みを差し出した。細長くて、かさばる包みだ。初日に阿蘇のみやげもの屋で買ったので、そのあとの持ち運びにずいぶん苦労した。

ヒジキは黙って受け取ってくれた。ありがと、と口が小さく動いたような気もしたが、ヒゲ同然のうぶ毛のほうが気になって、ほんとうにそうだったかどうかはわからない。

「開けてみてええ？」

「……おう」

ヒジキはビリビリと包装紙を破り捨てて、剝き出しになった僕のおみやげを、右手で軽く振り下ろした。

木刀を買ったのだ。ヒジキに似合うおみやげ、あいつが喜んでくれそうなおみやげは、ほかに考えつかなかった。

ヒジキはその木刀を何度も、右手一本で振り下ろす。びゅん、びゅん、びゅん、と風を切る音が繰り返される。不吉な音だ。迫力に満ちた音でもある。だが、それは、不思議とほっとするような、もっと不思議なことに懐かしささえ感じる音でもあった。

「よかったなあ、ナナちゃん、夏にスイカ割りできるなあ」

モズクがうれしそうに言った。そういえば病院のある街は海に面しているんだな、と思いだした。

ヒジキは「うん」とそっけなくうなずき、低い声でつづけた。

「スイカも割れるけど、人間の頭もかち割れるな、これなら」

思わずギクッとした。

ヒジキは僕をにらみつける。木刀を両手で握り直す。

土下座か、やはり土下座するしかないのか……と昇降口での場面と同じことを考え、いやしかし、木刀の前で背中をさらすわけには……と同じようにビビって、身動きがとれなくなってしまった。

だが、ヒジキは次の瞬間、木刀を握っていた手から力を抜いた。

「それはまた今度にしといてあげるけん」

笑って、「いちおう、ありがと」と言ってくれた。

ヒジキの気が変わらないうちに、と早々に屋上をひきあげた。たぶん、ほんとうは、もっと深い意味で、逃げるように――だった。

モンちゃんも僕も黙り込んでいた。

建物の外に出ると、僕たちはどちらからともなく屋上を振り仰いだ。

モズクとヒジキはフェンスの前に並んで立っていた。モズクは車椅子に乗って、ヒジキは木刀を杖のように脇についていた。

夕陽がまぶしかった。

二人がどこを見ているのか、僕たちのいる場所からは、どんなにしても二人の表情はわからないままだった。

タツへのせんべつ

1

タツが転校する。

『終わりの会』で先生が「皆さんに、ちょっと残念なお知らせがあります」と言い出すまで、あいつ、ぼくにはなにも教えてくれなかった。

今日の昼休みだって、ふだんどおりに野球部の一年生全員でグラウンド整備をしながら、ふだんどおりに二人で山本浩二と衣笠のバッティングフォームの物真似をして、ふだんどおりに監視役の二年生のツボイさんに見つかって、部室の中でケツバットをくらった。二人そろって尻を押さえ、「ツボイのアホ、死ねボケ、カス」と文句を言いながらつま先歩きでグラウンドに戻っていくときにも、あいつはなにも言わなかったのだ。

「ヒロシにしゃべったら、すぐにおおごとになるけん、面倒くさいがな」

放課後、さっそく文句をつけたぼくに、タツは逆に怒った顔で言った。「お別れ会やら勝手に開かれても困るし」——そんなこと、まるっきり考えていなかった。

「アホか」

タツの坊主頭をはたく真似をして、「金もろうても開く気せんわい」と言ってやった。

「泣かんでもええがな、ヒロシ」

「ボケ、大笑いじゃ、母ちゃんに赤飯炊いてもらわんといけん」

「ほんまか？ よっしゃ、ほなら昭和何年何月何日何時何分何秒に炊いてもらうんか、ほれ、言うてみい。ほんまに炊いてもらえよ、わし見に行くけんのう」

「おお、ええど。明日の午前三時二十五分四十五秒に炊いちゃるけん、絶対見に来いよ、おまえ見に来る言うたんじゃけえ、絶対に来いよ、死んでも来いよ」

アホ、とタツは笑いながら、ぼくの頭をはたいた。ぼくと違って真似ではなく、けっこう本気で、バシッと。

ぼくたちはいつもこうだ。ずっと、こうだった。でも、それもあと三日で終わる。今日が火曜日で、水、木とタツは学校に来て、木曜日の夕方に出るブルートレインに乗って引っ越してしまう。

小学三年生の頃からの付き合いだ。「親友」と呼ぶにはタツはバカすぎるけど、いいヤツ、それは間違いない。卒業までずっと同じクラスで、中学に入っても同級生になって、野球部でも黄金の三遊間を組もうと張り切っていた矢先——まだ六月になったばかりなのに、タツはいなくなってしまう。

「向こうの学校、坊主じゃないんよ」

タツは悔しそうに言った。

「そりゃそうじゃろ、東京なんじゃけん」とぼくがうなずくと、「失敗したのう、ほんま、親父のくそバカが」と坊主頭を手のひらでゴシゴシこすりながら吐き捨てる。

「引っ越し、急に決まったんか」

「おう、最初からわかっとったら、こげな髪にすりゃせんわい」

「四月から転校じゃったら、きりがよかったのにのう……」

「そげなこと言われても知るか」

タツはそっけなくおしゃべりを打ち切って、スポーツバッグのファスナーを開けた。機嫌が悪い。おそらく心の中ではがっくりと落ち込んでいるはずだけど、ぼくだって、タツになにをどう言ってやればいいのかわからない。さっさと服を着替えてグラウンドに出てしまいたい。たとえ球拾いと声出しとランニングだけでも、野球部の練習中は面倒くさいことを考えずにすむ。

でも、こういうときにかぎって教室には女子が何人か居残っている。女子のいる前で体操着のジャージに着替えるのは――「上」はともかく、「下」がパンツ一丁になってしまうところを見られるのは、やっぱりイヤだ。

「二組の教室に行くか？」と振り向いたら、タツはもう上着とカッターシャツを脱いで、ランニングシャツ一枚になっていた。しかたなく、ぼくも付き合って服を脱いでいく。女子の話し声や笑い声が耳にうっとうしい。誰もこっちを見てはいないはずだけど、それを確かめるのがなんとなく怖くて、とにかく教室の広いほうに背中を向けて、急いで、ソッコーで、そそくさと……制服のズボンを脱いでからジャージのズボンを穿《は》くまでの、パンツ一丁になる十秒足らずの間、つい息を止めてしまうのは、ぼくだけなんだろうか？

先に服を着替えたタツは、ぼくの着替えが終わるのを待ってくれた。機嫌が悪くても、こういうところはちゃんとわかっている。いいヤツだ。ほんとうに。

ジャージのズボンをグッと腰に引き上げて「よし、行こうで」と言うと、タツはぼくの股間をちらりと見て「寄っとる寄っとる」と笑った。パンツにジャージを直接穿くと、「さお」や「玉」の位置がどうも落ち着かない。股間の右か左が、微妙にでっぱってしまう。ぼくはいつも右寄りで、タツは左寄り――なにかのはずみでボッキしたときには、特に。右に寄るか左に寄るかは一生変わらないんだとウチの兄ちゃんが言っていたけど、兄ちゃんはホラ吹きだから、よくわからない。とにかく、ジャージになるといつも「寄り」が気になって、股間にぴったりとくっつくサポーターを穿けばだいじょうぶだというので、今度タツと二人でスポーツショップに買いに行く約束をしていて、でも、もうそれは無理だろう。

二人並んで小走りにグラウンドに向かいながら、タツに「東京に行っても野球部に入るんか」と訊《き》いてみた。

「わからんけど……たぶん、入る」

「向こうの野球部は、一年生でも更衣室使えるん違うか」

「知るか、まだ行っとらんのに」

「ユニフォームも着られるかもしれんど」

「知らん言うとるじゃろうが、うっせえのう」

ほんとうに機嫌が悪い。落ち込んでいる。タツの気持ちは、ぼくにもわかる。だから、こういうときに女子みたいに肩を抱き合って泣いたり、お別れのサイン帳を回したりなんか、絶対にイヤだ。笑うか、怒るか——先にタツが怒りだしたら、こっちは笑うしかない。

「ええがな、東京。都会じゃし、今度から髪も伸ばせるし」

励ますつもりで言ったのに、タツは「伸びるまではハゲ坊主じゃ」と野球帽のツバを下げて、いきなりダッシュした。あわてて追いかけたけど、タツはぐんぐんスピードを上げて、最後は全力疾走になった。

本気を出せば、ぼくのほうが足は速い。追いついて、追い越すことはできる。

でも、ぼくは途中で走るのをやめてタツの背中を見送った。

坊主頭で東京の中学に転校することのカッコ悪さに、いまになって気づいた。方言だって笑われるだろうな、と思った。ぼくたちの住んでいるO町は本州の西の端にある人口二万人ほどの小さな——春の山菜と夏の鮎《あゆ》と秋のキノコと冬場のイノシシ鍋が自慢の田舎町で、だからウチの中学の男子はみんな坊主頭で、中でも野球部の一年生は三年生が引退するまでは一分刈りと決まっていて、六月ではまだ頭の地肌が青々としていて……。

あいつ、東京でいじめられるかも。ふと思うと、背筋が不意に冷たくなって、足が勝手に止まった。

「こらぁ！　そこの一年！　グラウンドに出たらダッシュじゃろうが！　横着するな、このクソボケがあ！」

ツボイさんに怒鳴られても、ぼくは呆然《ぼうぜん》としたまま動けなかった。

「いじめられるに決まっとるわい」

その夜、兄ちゃんに訊いてみると、きっぱりと言い切られた。脅しでもなければ予想でもない。実体験に基づく確信だ。高校二年生の兄ちゃんは、鉄道で一時間かかる県庁所在地のY市の高校に進んだ。Y市の中学校はどこも長髪OKで、だから坊主頭で高校に入学したO町出身の一年生はさんざん田舎者扱いされるのだという。

「わしも髪が伸びるまではヒサンじゃった。ウチの高校に入ったんはコウノとカネシゲの三人しかおらんかったけん、三人で『坊さん一号』『坊さん二号』『坊さん三号』いうて、思いっきりバカにされたど」

一年前の悔しさがよみがえったのか、兄ちゃんはムスッとした顔になってリーゼントのひさしを指で持ち上げ、「ヒロシの友だちも同じじゃ」と言った。「ウチの高校でも目立つんじゃけえ、東京じゃったらもっと珍しいじゃろ、坊主は。はっきり言うて、東京中でたった一人かもしれんど」

「……いじめもひどいんやろ、向こうは」

「そりゃそうよ。都会の者は性根がねじ曲がっとるけえ、やることもワヤをするんよ」

「ボコボコにしばかれる？」

「アホ、そげなことですむかい。女子の前でパンツ脱がされて首くくったヤツもおったろうが、昔」

「うそぉ……」

タツはまだちんぽの毛が生えていない。先っちょの皮がむけてもいないし、わりと小さい。それを知っているのはぼくだけだ。ぼくも皮むけはまだだけど、チンゲのほうは六年生の終わりに生えはじめて、タツはひそかに、それをうらやましがっているのだ。

「その友だちも大恥かいて、学校に行けんようになるかもしれんど」

兄ちゃんは心配そうな顔になって、「田舎者はつらいけんのう……」としみじみ言った。クサい芝居だ。ほんとうはひとごとだと思って面白がっているだけだ。でも、相談する相手は他にはいない。

タツのために、なにかをしてやりたい。お別れの記念に、あいつの喜ぶことをしてやりたい。「友だち」とか「親友」とか「友情」とか、そんな言葉が浮かぶと、思わず「うげーっ」となってしまうけど、やっぱり、あいつ、いいヤツだし。

「どげんすれば、いじめられん？」

「カツラでもかぶるしかないじゃろ」

「……ほかには？」

「あとは、まあ、根性クソの悪げな者に目ぇつけられんように、神さんに祈るだけじゃろ」

お守り――ふと、浮かんだ。

そうだ、お守りをプレゼントしてやるのもいい、と自分の思いつきに胸が高鳴った。

「ほいたら、いじめに遭わんお守りいうて、どこかにないん？」

兄ちゃんは、アホか、と笑ったけど、「お、ちょっと待てよ」と身を乗り出してきた。

「あるん?」

「いじめいうたら勝負じゃ、男のプライドの勝負じゃろう」

「……うん」

「勝負事に勝つお守りはあるど」

「どこの神社? 自転車で行ける?」

「神社と違う。近所いうたら、思いっきり近所じゃ」

「……どこ?」

兄ちゃんは自分の股間を指差して「ここじゃ」と笑った。「ちゅうても、男のこことは違うど。女のここじゃ、めんちょじゃ」

「はあ?」

「めんちょの毛がお守りになるんよ。ヤクザはみんな好いとる女の毛を持っとるいうて、『プレイボーイ』に書いとった」

ぼくは「うっそじゃあ」と笑った。笑わずにはいられなかった。女のあそこ――めんちょの毛。うっそじゃあ。汚ったねえ。タツの好きな子は、片思いだけど、いる。同じ一年一組のカワムラさん。カワムラさんのめんちょの毛? 毛? 毛? うっそじゃあ……。

「ヒロシ、おまえ、なに赤うなっとるんな」

兄ちゃんはぼくの顔を覗《のぞ》き込んでヘヘッと笑い、「毛が一番効く、ほんまじゃ」と重々しく言った。

「……好いとる子の毛じゃないといけんの？」

「もろうた本人がそげん思うとったら、それでええんじゃ。気は心じゃけん」

ちょっとホッとしたところに、兄ちゃんは「ほいでも」と釘を刺した。「男の毛はいけんど、女の毛じゃ、絶対に」

「それ……違うん？」

「おう、見る者が見りゃあ、すぐにわかる。男の毛は右回りで縮れとるけど、女の毛は左回りなんじゃ」

兄ちゃんは机に置いたスタンドミラーに向き直り、ポマードのついた髪をクシでシャッシャッシャッと撫《な》でつけながら、「よっしゃ、ほいたら相談料百円」と言った。「二百円出したら、『プレイボーイ』か『パンチ』、一冊読ませちゃる」

うつぶせになって布団にもぐりこみ、頭を半分だけ出して、『プレイボーイ』をめくった。字のページはどうでもいい。グラビア。『平凡パンチ』よりも『プレイボーイ』

のほうが裸の数が多いんだと兄ちゃんは言っていた。『GORO』もいい。映画雑誌でポルノ映画のグラビアが出ているときは、もっといい、らしい。

アイドルは、たいがい服を着ている。水着のときのポーズもフツーで、顔はかわいいけど、体のほうはつまらない。でも、名前をよく知らないモデルが出てくる真ん中と後半のグラビアは、おっぱい、お尻、丸見え。ふんわりとやわらかそうで、でもプルプルと固そうで、ひんやりしていそうで、温かそうな、ピンク色の乳首も、紙の上からさわれる。

こげなことをしたらいけん、ヘンタイじゃ、いけんいけんいけん……と自分を叱《しか》りながら、兄ちゃんに教わったページの早めくりを繰り返す。アイドルのページを開いて、顔だけ目にしっかりと焼き付けて、そこからパッとスケベなヌードのページに移る。アイドルのかわいい顔と、無名のモデルのエッチな裸の合体だ。うまく合体できそうな組み合わせを見つけると、ページを指で挟んで、パッ、パッ、パッ、パッ、パッ……。

布団に押しつけられたちんぽが痛い。ボッキしている。痛いけど、なんともいえず気持ちいい。仰向けになるのがもったいなくて、腰を右に動かしたり左に動かしたりして、グリグリとちんぽの押しつけ方を変えると、もっと気持ちよくなる。

アホだと思う、自分でも。こんなところを母ちゃんに見られたら、ダッシュで家出するしかない。

でも、やめられない。目をしっかりと見開いているよりも、かえってぼうっとした薄目になって焦点をゆるめたほうが合体しやすい。まぶたを半分閉じて口を開いた顔は、鏡を見たわけではないけど、きっと間抜けだろう。こんな顔をクラスの女子に見られたら……死ぬしかない、もう、死ぬ以外に考えられない。

カワムラさんの顔が浮かんだ。

カワムラさんもタツと同じように、小学三年生のときからずっと、ぼくとクラスが一緒だった。四年生の終わり頃までは女子の中でも小柄なほうだったのに、五年生になると急に背が高くなって、男子と遊ばなくなった。六年生の修学旅行のとき、風呂上がりのカワムラさんと旅館の廊下ですれ違った。カワムラさんのTシャツは汗やお湯で肌に張りついていた。見るつもりはなかったけど、胸に目がいった。乳首がうっすら、ぷくんと、透けて見えた。

タツには話していない。あいつに教えてやったら「うそーっ、うおーっ、乳繰りマンボーッ」と大喜びしそうな気がするけど、逆に本気で怒りだしそうな気もしたから。タツは五年生の頃からカワムラさんのことが好きだ。「そげんええか?」とぼくは思うけど、タツは中学校のクラス発表のときには心臓がバクバクするほど緊張していて、同級生になったとわかったときには「よっしゃ、ヒロシとまた同じじゃ」とぼくを隠れみのにしてガッツポーズをつくって……その二ヵ月後には転校だなんて、あいつ、かわいそうすぎる。悲劇の男だ。これで東京に行って「ハゲ」とか「坊さん」といじめられたら、タツの青春は真っ暗闇になってしまう。

だから、やっぱり、タツのためになにかをしてやらなくてはいけない。

毛だ。

めんちょの毛だ――。

カワムラさんには、もう毛は生えているのだろうか。女子は男子より第二次性徴が早いというから、たぶん、もう……ボウボウなんだろうか……。

頭の中でそんなことを考えながら、手は『プレイボーイ』のページの早めくりをつづけ、目はアイドルの顔とヌードの体を合体させつづけている。

『プレイボーイ』のヌードには毛が出ていない。白いパンティーに、うっすらと黒ずんだ影が透けて見えることはあるけど、どんなふうに生えているかまではわからない。めんちょの割れ目の中から生えているのだろうか。割れ目の縁に沿って生えているのだろうか。でも、そんなところに毛があったらおしっこをするたびにびしょびしょになって、あ、だから、女はおしっこのあと紙で拭くのだろうか、いや、でも、グラビアの透け毛はけっこう前のほうにあって、あんなところまで割れ目がつづいていたらセックスなんて脚を開かなくてもできるはずで、だからあそこはめんちょじゃなくて、ということは、めんちょの毛は透け毛より下にあって、じゃあやっぱり割れ目の中から……。

わからない。めんちょの毛を考える前に、めんちょの形も見当がつかない。母ちゃんと一緒に風呂に入っていた小学二年生までの間に、もっとしっかり見ておけばよかった。

カワムラさんのめんちょ。

カワムラさんの割れ目。

カワムラさん、毛、ボウボウ。

一瞬、アイドルの顔がカワムラさんの顔に変わって、ヌードと合体した。

胸がドキッとして、あそこがもっと痛く、熱く、気持ちよくなった。

2

翌日、タツは学生帽をかぶってこなかった。走り幅跳びだった体育の授業も、ロッカーに置きっぱなしにしてあるはずの紅白帽を「忘れました」と言い張って、帽子なしで受けた。

陽に焼けたいのだ。坊主頭がフサフサの髪になることは不可能でも、せめて青光りする地肌だけはなんとかしたい、と考えたのだ。

アホだ。でも、わかる、その気持ち。

昼休みのグラウンド整備のときも、もちろん、タツは野球帽をかぶらなかった。

二人でサードベースのまわりの土をこねながら、「練習も帽子なしでするんか」と訊いてみた。

「おう……」

うなずいたタツの頭は、汗をじっとりかいていた。今日は朝からいい天気で、七月並みの気温になりそうだとテレビで言っていた。陽射しが強いのは大歓迎とはいっても、直射日光を坊主頭に浴びるのは、かなりキツいはずだ。

「先輩ら、怒るん違うか？」

「おう……まあの」

「ケツバットかもしれんど」

「しょうがないわい」

タツは覚悟を決めた口調で言って、「ツボイのアホの顔を見るんも、あと二日じゃし」と笑った。

ぼくはバケツの水を土に足しながら「ほんまじゃ、ええのう」と笑い返して、不意に気づいた。一年生にいばるしか能のないツボイさんもアホだけど、それを言うならタツのほうがもっとアホだ。

「のう、タツ……休めばええがな、練習。べつに野球部じゃのうても、陽に焼くことはできようが」

グラウンド整備で昼休みをつぶす必要なんて、どこにもない。球拾いとランニングでへとへとにならなくても、頭を陽にあてるだけなら、放課後は自転車を乗り回していればいい。だいいち、どんなに練習をがんばっても、あさってにはタツはこの学校からいなくなるのだから。

「そうじゃろ？」

泥になった足元をトンボで叩いて固めながら、ぼくは言った。返事がなかったので、さらにつづけて「ツボイにケツバットされるだけ損じゃがな」と笑ってやったけど、タツはうつむいたままだった。

「……そない思わんか？」

かがみ込んで訊くと、いきなり顔に泥をぶつけられた。

「おっ、こら、なにするんな、ボケ」

ぼくは笑って後ずさりながら、泥をすくってぶつけ返そうとした。遊びだ。冗談だ。ぼくたちはしょっちゅうグラウンド整備の途中でふざけて、雪合戦みたいに泥をぶつけ合って、顔もジャージも汚して、最後にはツボイさんにケツバットをくらっていた。

でも、泥を投げることはできなかった。

タツは笑っていなかった。

ぼくを悔しそうにじっとにらみつけて、「東京に行ったら、一年生でレギュラー獲っちゃるけん」と言った。

ぼくはタツから目をそらし、ぶつけてやるつもりだった泥を黙ってショートのほうに放り投げた。

「こらあ！　クソボケ！　トンボかけたところをなに汚しよるんな！」

ツボイさんに怒鳴られた。

小便をしたあと、ちんぽの皮を根元のほうにひっぱると、にゅるっ、とやわらかい手応えと一緒に皮がむけた。

亀頭のでっぱりの途中で止まる「半むけ」の状態だ。小学六年生の頃は皮の先っちょは巾着袋の口みたいにすぼまっていて、どう考えたってむけるわけがないと思っていたけど、最近は手でひっぱれば簡単に「半むけ」までいけるようになった。

でも、そこから先――でっぱりを越えてむけなければ「本むけ」にはならない。そんなの無理だ、絶対に無理だ、と思う。だいいち、ちんぽの裏を見ると、皮の付け根が筋になって張りついていて、むけばむくほど、その筋が突っ張るわけで、でっぱりの先までむいてしまったら、筋がプツッと切れてしまうんじゃないか、血が出るんじゃないか、女が初めてセックスをして処女膜が破れるときと同じなんだろうか……。

うぐっ、と低くうめいた。

いけん、どげんしよう、とあせった。

処女膜のことを考えたせいで、ちんぽがボッキしてしまった。ボッキすると皮の付け根の筋がいっそうひきつって、痛くて、痛くて、痛くて……ほんとうに筋が切れてしまいそうなのだ。

トイレの小窓を開けて、夜風で頬を冷まそうとした。でも、昼間の暑さがまだ残った、蒸し暑い夜だ。風もほとんどない。

別のこと、違うこと、まじめなこと、難しいこと……あわてて頭の中からひっぱり出したのは、やっぱり、タツのことだった。

帽子をかぶらずに練習に出たタツは、あんのじょう先輩に怒られて、腹筋運動を百回やらされた。

でも、あいつは汗をだらだら流し、歯をくいしばって、上体を寝かせたり起こしたりしながら、なんとなくうれしそうでもあった。明日は寝台列車の時間に間に合わないので、練習には出られない。腹筋運動は今日が最後で、ケツバットは昨日が最後。しみじみと名残を惜しんでいたのかもしれない。

東京の中学の野球部では、ケツバットなんてないだろう。都会のヤツらだから、どうせ練習もチャラチャラして、女子から声援を受けて、ユニフォームも縦縞だったりして……坊主頭は、どう考えてもヤバい。

ボッキがおさまった。ちんぽは、元のサイズに戻った。でも、タツに贈るプレゼントのことも、ふりだしに戻ってしまった。

毛――。

めんちょの毛――。

深く考えるとまたボッキしそうなので、「クソが出た出た、クソが出たっ、クソの中から虫が出たっ」と思いつきのくだらない歌をうたいながら、窓の外を見た。

トイレのすぐ外は田んぼだ。カエルが途切れなく鳴いて、すうっ、すうっ、と滑るように闇を流れる黄緑色の小さな光は、ホタルだ。

東京には、たぶん田んぼはないだろう。カエルもホタルもいないだろう。夏のセミやトンボだって、虫獲り網で追い回すほどはいないだろう。

タツは、セミ獲りだけは誰にも負けないぐらい上手《うま》いのに。たとえ坊主頭でも、セミ獲り大会があれば、絶対にみんなから尊敬されるのに。

窓を乱暴に閉めて、くだらない歌のつづきを大きな声でうたいながらトイレを出た。

「虫がニョロニョロ出てきたら、ほいさ、うどんと思うて食うたがな、よいしょ、食うたうどんがクソになり、クソの中から、はあ、虫が出ーたーっ……」

台所から、母ちゃんが「アホな歌うたわんと、早うお風呂に入りんさい」と言った。

「あんたがしまい湯なんじゃけん、あがるときにお湯抜いときんさいよ」

中学に入ってから、風呂の時間が短くなった。シャンプーがあっという間に終わるからだ。ほとんど泡も立たないまま、髪というより地肌をガリガリッとひっかいて、すすぎは一発。ドライヤーも要《い》らない。楽といえば楽だし、むなしいといえばむなしい。

体を洗い、シャンプーを一瞬で終えて、お湯に浸かると、ちんぽをまた「半むけ」にした。特訓だ。十三年間近く皮にくるまったままだった亀頭は、皮をむくとじっとりと湿って、やわらかくて、指でさわるとヒリヒリする。さわる瞬間より、むしろはなすときのほうが痛い。風呂に入っているときに刺激に慣らして、ついでに皮の付け根の筋もお湯にふやけさせれば伸びるかもしれないと思って、これが日課になっている。

お湯の熱さが亀頭にしみる。でも、しばらくすると落ち着いて、いまのところボッキする心配もなくて、よっしゃええど、と肩の力を抜いてため息をついた。

すると、まるで気のゆるみを狙ったようにタツの顔がまた浮かんで、胸が急に締めつけられた。

もうタツと一緒に遊べない。夏休みには遊びに帰って来ると言っていたけど、そんなの、わからない。もしかしたら、もうずっと、一生、死ぬまで会えないのかもしれない。

悲しくて、泣きそうになった。昨日よりも、いまのほうが悲しい。明日はもっと悲しくなって、あさってからは、悲しさが寂しさに変わるのだろう。

くだらない歌。ウンコやシッコの歌。早う歌え、早う歌え、と自分に命令した。でも、なにも思いつかない。

しかたなく、お湯の中に全身を沈めた。息がつづかなくなるまで我慢して、勢いよく顔を外に出してハアハアと息をついていたら、波立ったお湯に、縮れた短い毛が浮いているのを見つけた。

髪の毛ではない。短くて、縮れていて、指先でつまむとちょっとゴワゴワしていて……。

毛か――？

あそこの、毛なのか――？

やった、とガッツポーズをつくりかけたけど、ちょっと待て、と気づいた。

これは母ちゃんの毛なのだろうか。それとも、父ちゃんや兄ちゃんの毛なのだろうか。

母ちゃんの毛なら、めんちょの毛――お守りになる。でも、父ちゃんや兄ちゃんの毛だったら、チンゲ――ただ、ばっちいだけだ。

縮れた方向を確かめた。右回りならチンゲで左回りならめんちょの毛だと、兄ちゃんは言っていた。左回り、のように見える。でも、親指と人差し指で挟んだ毛をクルッと回したら、すぐにそれは右回りになってしまう。あのクソ兄貴。

もちろん、チンゲとめんちょの毛の区別なんて、タツにはつかないだろう。すでにチンゲがちんぽの根元に生えているぼくでもわからないのだから、あいつに見分けがつくはずがない。これをめんちょの毛だということにして、明日、「向こうでいじめられんように、お守りにしとけや」と渡してやれば……どうせなら「カワムラさんの毛じゃ、タツのために特別に一本抜いてもろうたんじゃ」と嘘もついてやれば……いや、でも、その作戦はあまりにも危険だし、自分の母ちゃんの毛を友だちにプレゼントするなんて、そんなの、親不孝というか、ヘンタイというか……。

小太りの母ちゃんの体が、一瞬、浮かんだ。服は着たままだったけど、思わず「ひゃっ」と声をあげて、毛を放り捨てた。

いやらしいものなのだ、この毛は。エッチなものなのだ。「陰毛」というやつだ。「恥毛」とも呼ぶんだと、いつか国語辞典で「陰毛」をひいたときに知った。「陰」は「女陰」の陰で、「恥」はポルノ映画の広告で知った「恥辱」の恥だ。

いやらしい世界の、いやらしいものが、目の前のお湯に浮いている。母ちゃんのことは絶対に思いだしたくないので、ゆうべの『プレイボーイ』の合体ヌードを……だめだ、顔がカワムラさんになってしまう。

カワムラさんの陰毛。

カワムラさんの恥毛。

めんちょの毛と呼ぶよりも、さらに、ますます、いやらしい。

カワムラさんの陰毛も、こんなふうに縮れているのだろうか。クラスの女子はみんな、陰毛が生えているのだろうか。毛が生えて、おっぱいが大きくなって、生理も始まって、セックスはまだ誰もしていないと思うけど、オナニーは……女子もいやらしいことを考えて、めんちょが濡《ぬ》れて、指やエンピツやキュウリをめんちょに入れて……。痛い。死ぬほど、ちんぽが痛い。ボッキしてしまった。「半むけ」の皮が突っ張っても亀頭はどんどん大きくなって、皮はしだいに広がって、ついに亀頭のでっぱりを越えてしまった。激痛が走る。お湯の熱さがしみる。おおっ、ううっ、とお湯の中で体を折り曲げてうめいた。だめだ。このままだと、死ぬ。

あわてて湯船の外に出て、突っ張った皮の付け根の痛みを少しでもやわらげようと、シャンプーを手に取った。泡立てて、ちんぽを泡でくるんだ。どこまで効き目があるかはわからなかったが、ぬるぬるした泡なら、ジュンカツ油みたいになって、少しはいいかもしれないと思った。

痛え、痛え、痛え……とうめきながら、シャンプーの泡をちんぽにすりこんだ。

うめき声が止まった。息が詰まった。うそ、うそ、なんじゃ、これ、とあせった。痛い。でも、気持ちいい。泡をすりこむ指の動きを止められない。ちんぽが急に熱くなる。亀頭のでっぱりに指が触れると、あまりの気持ちよさに、おおっ、と背筋が伸びた。

これか――？

オナニーというのは、これのことなのか？

ちんぽをしごくというのは、これ、か？

女のめんちょが濡れるのは、水みたいなものが出るんだと思っていたけど、ほんとうは、いまの、この、シャンプーの泡みたいにぬるぬるしたものなのだろうか？

ボッキしたちんぽをいじったことは、いままでだって何度もある。でも、こんなに気持ちよくなったことはないし、いつも途中で怖くなってやめていた。

指が泡ですべる。でっぱりにひっかかって、つるっと越えて、またひっかかって、つるっと戻る。おおっ、おおっ、と喉の奥が鳴った。痛みはもうほとんど消えた。いや、消えてしまったわけではなく、痛みを忘れてしまうほど気持ちよかった。

目をつぶる。カワムラさんのめんちょが見える。形はなにもわからないのに、でも、見える。陰毛に覆われためんちょが濡れている。シャンプーの泡が、ぶくぶくと、めんちょの穴から湧いてくる。カニが泡を吹くみたいだ。そこに、ボッキしたちんぽを突っ込んで、腰を振って……こうか？　こうか？　こうか？

腰の振り方はよくわからないし、椅子に座ったままだと動きづらい。指だけでしごいたほうがずっといい。気持ちいい。ほんとうに気持ちいい。さっきまでタツのことがあんなに悲しかったのに、いまはもう、ちんぽの気持ちよさがすべてだ。ひどいヤツだ。史上最低の男だ。でも、指は止まらない。快楽。悦楽。愛欲。強姦。緊縛。劣情。陰茎。睾丸。膣。大陰唇。陰核。本で覚えたいやらしい言葉が次々に浮かんでくる。自慰。手淫。これだ、これだ、このことだ。粘膜。海綿体。愛液。蜜。挿入。悶絶。絶頂。アクメ。エクスタシー。射精。おおっ、おおっ、おおっ、と三連発でうめき声が漏れて……泡の中に、熱いものがほとばしった。

3

タツは翌日も帽子をかぶらずに学校に来た。「のう、どげな？　だいぶ目立たんようになったろうが」

そう訊かれると、「おう、おととい頃に比べると、ぜんぜん違うわ」としか答えられない。ほんとうは、頭はまだうっすら青光りしていて、違いなんてなにもわからなかった。でも、それを正直に言うのは、あまりにもかわいそうだ。

「ゆうべ、うまいぐあいにコタツが引っ越し荷物の中にあったけん、母ちゃんに頼んで出してもろうたんよ。ほいで、スイッチ入れて、コタツの中に頭を突っ込んで、赤外線じゃけん、ちいとは役に立つじゃろ？」

陽焼けをするのは紫外線のはたらきじゃないかと思ったけど、もちろん、言わない。アホすぎて涙ぐましいほどの努力をつづけるタツに付き合うのも、とにかく今日が最後なのだ。明日からは、もうタツには会えないのだ。

今日はずっとタツと一緒にいよう、と決めていた。休み時間のたびにタツの席に行って、どうせたいした話はしないはずだけど、あいつと同じ教室にいる最後の貴重な時間をむだづかいしたくない。で、タイミングを見計らって、あいつに、ぼくからの、せめてもの、心のこもったプレゼントを渡してやりたい。

でも、その予定は、しょっぱな——『朝の会』が始まる前の休み時間から、くるってしまった。

クラスのヤツらが次から次へとタツのまわりに集まって、おしゃべりをしたり、ずっと借りっぱなしだったマンガを返したり、東京の住所を訊いたりする。それはそうだ。明日からタツに会えないのは、みんな同じなのだから。タツは寂しそうだったけど、うれしそうでもあった。ぼくもなんとなくうれしい。でも、なんとなく、腹も立つ。たいしてタツと仲が良くなかったマツオカが「わしらの友情は永遠じゃけん」といばって言ったときには、本気でケツを蹴りたかった。

女子もタツの席に来た。みんなで組み合わせや順番を決めていたのだろうか、四、五人ずつのグループになって、休み時間のたびに一組ずつ。カワムラさんは、三時間目と四時間目の間の休み時間に来た。でも、タツに話しかけるのはおしゃべりなミシマさんとモリナガさんばかりで、カワムラさんは黙って立っているだけだった。

タツががっかりしているのがわかる。カワムラさんに話しかけるきっかけを探して、うずうずしているのもわかる。ぼくだってそうだ。なんとかしてやりたい。タツとカワムラさんを二人きりにしてやりたい。ミシマ、うるさい。モリナガ、ブス、どっか行け。でも、割って入る勇気がない。それに、カワムラさんの顔を見ることも、カワムラさんに声をかけることも、カワムラという名前を口にすることも、恥ずかしい。ゆうべ想像したカワムラさんのめんちょを思いだすと、「半むけ」のままにしてあるちんぽが、また痛くなってしまいそうだ。タツ、ごめん、悪い、カワムラさんのこと、好きになるかもしれない。好きだったのかもしれない、昔から。オトナになると、ぼくは心よりも体で女を選ぶヘンタイ野郎になってしまうのだろうか……。

結局、カワムラさんは最後にバイバイと小さく手を振っただけで立ち去ってしまった。

ぼくはすかさずタツのそばに行って、「モテモテじゃのう」と笑ってやった。

タツはムスッとして「どげんでもええわい」と言った。

「カワムラ、いま泣いとったど。目が真っ赤じゃった」

「アホか」

「ほんまじゃ、ほんま。わし、見たもん」

力んで言うと、気合いが空回りして、プッと噴き出してしまった。タツも「つまらんこと言うな、ボケ」と、やっと笑ってくれた。

よし、このタイミング――。

ぼくは上着のポケットからマッチ箱を出して、タツの机の上に置いた。

「……なんな、これ」

「せんべつじゃ。向こうに行っていじめられんように、お守りにせえ」

「中になんか入っとるんか？」

「おう」

「……検便みたいじゃのう」

タツは首をかしげながら箱を開けて、中を覗き込んだとたん、「はあ？」と間の抜けた声をあげた。

セロハンテープで留めた、毛が一本――。

怒るのも忘れてアゼンとするタツに、急いで兄ちゃんから聞いたお守りの由来を説明した。兄ちゃんの話とは、少しだけ、変えた。好きな女のめんちょの毛を、親友のちんぽの毛に——した。

タツは顔を上げて「ほなら、この毛……」と訊いた。

ぼくは大きくうなずいて、「わしのチンゲじゃ」と言った。「大事にせえよ」

ゆうべ、生まれて初めてのオナニーをしたあと、まだ数少ないチンゲの貴重な一本を抜いたのだ。

タツはしょぼくれた顔で笑った。喜んでいるというより、困って、あきれて、怒る気力もなくなったような笑い方だった。

「ほなら……わしの親友、ヒロシなんか」

「いけんか？」

笑いながら、でも、真剣に、訊いた。

タツはマッチ箱の毛をもう一度見つめて、「べつに、いけんことないけど」と言った。

答えたあとも顔を上げない。そのほうが、ぼくもいい。ナイスタイミングで四時間目の始まるチャイムも鳴った。

「昼休み、タツもグラウンド整備するんじゃろ？」

「おう、最後じゃけん」

「ほな、あとでの」

自分の席に戻ろうとしたら、タツはうつむいたまま「昼休みに、東京の住所、教えちゃってもええど」と言った。

「おう、まあ、どっちでもええけど……教えてもろうちゃってもええど」

やっと、あいつ、顔を上げた。目が合うと、へヘッと二人で笑った。タツの坊主頭はやっぱりまだ青光りしていたけど、今度会うときは長髪になっているのだろう。「今度」はある。絶対に、ある。自分にそう言い聞かせて、ぼくはわざとまわりの机に腰や太股《ふともも》をガタガタぶつけながら、席に戻っていった。

俺の空、くもり。

1

スギヤマは河原でやった。

旧暦でおこなわれる八月の七夕《たなばた》祭りの夜、港南商業の二年生と、やった。

「浴衣《ゆかた》じゃけん、なんちゅうても」

スギヤマは次の日、教室の後ろに俺たちを集めて、得意そうに胸を張った。

「そこいらのセーラー服と一緒にすんなよ、帯がついとるんど、帯が。ニッポン人の心のふるさとなんじゃけん」――取り組み前にまわしをパーンとはたく相撲取りみたいに、腰を気持ちよさそうに一発叩く。

自信に満ちている。

「おまえら、ゆうべもまたコレかぁ？」

右手を筒のように丸めて股間にあて、しこしこっと前後に振って、「サルと同じじゃのう、哀れじゃのう」と笑う。

勝ち誇っている。

高校三年生、夏――。

一年生の頃からいつも一緒にいて、うだうだと暇をつぶしていた仲間から、ついに初めて、女とやった奴があらわれたのだ。一番乗りで、一番槍《やり》である。いろんな意味で。

「ほいでも、おまえらは気楽でええよ」

スギヤマは芝居がかった寂しい声で言って、俺たち――いまだサル並みの四人をゆーっくりと見回しながら、「汚《けが》れなき少年の澄んだ瞳じゃ、わしとは違う、わしはもう汚れてしもうたがな」と泣き真似をした。

悔しい。

だが、ここで悔しさをあらわにすると、ますますスギヤマを図に乗せてしまうだけだ。

ノムさん、歯ぎしりするな。

イトー、舌打ちはやめろ。

だからといって、シミズ、そんなにうらやましそうな顔でスギヤマを見るんじゃない。

「わしゃあ、今日から妊娠と性病の心配せにゃいけんのじゃけん、いやぁ、困った困った」

「中で出したんか？」

驚いて訊《き》く俺たちに、スギヤマはヘヘッと笑って「ちぃとだけ、ちびった」と言う。

「アホ、笑いごとじゃなかろうが」

「薄いけん平気じゃ。朝からジュースがばがば飲んどったけん」

「そげな問題と違うど、おい」

「それに奥まで行っとらん行っとらん、ピュピュッじゃけん、一滴二滴じゃ」

その一滴に精子が何万尾含まれているのか、このバカ、なにもわかっていない。

だが、バカだろうとアホだろうと、男に生まれたからには、しかるべき年頃になれば性器は勃《た》つ。性器が勃てば、したくなる。

ここまでは、俺たちみんな同じだった。

そこから先で——スギヤマと差がついてしまった。

スギヤマは、した。

俺たちは、まだ。

スギヤマには、させてくれる相手がいた。

俺たちには、いない。

三ヵ月ほど前には城北工業の二年生の男子が、やはり俺たちと同じように性器が勃って、したくなって、させてくれる相手がいないから、させてくれない相手に無理やり襲いかかって、婦女暴行未遂で捕まった。犯罪はよくない。親が泣く。ご近所を歩けなくなる。高校を退学になったら人生ぶちこわしである。

「ほいで……浴衣で、どげなふうにやったんか、スギ」

ノムさんが身を乗り出して訊いた。

スギヤマは調子に乗って「どげなふうに、言われても、したことのない者には、なかなか説明するんも難しいんじゃがのう」ともったいぶったことを言って、短気で乱暴者のノムさんに一発――かなり本気で、リーゼントの頭をはたかれた。

「わーった、わーった、しゃべる、しゃべる、しゃべるけん……」

ノムさんのリーチが届かない安全圏まで避難したスギヤマは、頭をさすり、リーゼントのトサカを整えながら、俺を見た。

「ヒロ、ちょっと手伝うてくれや」

「手伝うって、なにをや」

「オンナになってくれや。口で言うより、体でやって見せたほうが早えけん」

「……おう」

「まず、河原は草が生えとる。その上に浴衣で座ったら、草の汁がついて染みになる」

「そこを考えてやらんと、オンナがあとで困るけん、下になんぞ敷かんといけん」

「おう、わかる」

そう言って、スギヤマは制服のカッターシャツを脱ぎ、ズボンも脱ぎはじめた。

「ちょっと待てや、こら、おまえ、ズボンまで脱いだんか」

「ゆうべはTシャツとジーパンじゃけどの」

「パンツ一丁になったんか」

「しょうがなかろうが、Tシャツだけじゃ足りんのじゃけん」

「ほいでも……」

現場になった河原は、俺たちもよく知っている。斜面になった土手のてっぺんは道路になっていて、ゆうべはきっと夕涼みがてら散歩するひとも多かったはずだ。

「だいじょうぶじゃ、道路からは見えん場所でしたけん」

「じゃけど、もし誰かが土手から下りてきたら……」

「あそこはマムシが出るけん、夜は誰も下りてこん」

「スギ、おまえ……マムシの出るようなところで、したんか」

「おう」

ズボンを脱ぎ捨てたスギヤマは、ブリーフを穿《は》いた腰をクイッと前に突き出して、

「マムシが出ても、わしのキングコブラにはかなわんわい」と笑った。「カリが違う、カ

リの張り具合が」

アホだ、ほんとうに、とことん。

だが、たとえマムシに噛《か》まれてもやりたいという気持ちは、わかる。ズボンの前が痛いほど、よくわかる。

スギヤマはシャツとズボンを並べて床に敷き、「よっしゃ、ヒロ、ここに寝てくれ」と言った。ゆうべもそうだったのか。一人で先にパンツ一丁になり、草むらの上にTシャツとジーパンを敷いて、カノジョに「さあ、どーぞ！」と言ったのか。そのかいがいしさに涙が出る。その間抜けさにも、もちろん。

俺はあおむけに寝ころんだ。

「そうそう、で、膝を立てて、脚をちょっとだけ開いてくれ。ガバッと開くんと違うど、恥ずかしいわぁ恥ずかしいわぁ怖いわぁ……いう感じで、ちょっとだけ開くんじゃ」

「……こうか？」

「手は顔。両手で顔を隠してくれ。恥ずかしい、恥ずかしい、めんちょを見られて恥ずかしーい、いう感じじゃ」

「……こうか？」

「おっ、ええ感じ。ヒロ、おまえ、こげんすると、なかなか色っぽいのう」

「いやーん」

俺も親切なものだ。受験を半年後に控えて、まことにもって暇なものだ。

「ほいで、これをケツに敷くわけよ。ほれ、ヒロ、ケツ上げんかい」

ハンカチを尻の下に敷いた。

「向こうも初めてじゃけえ、血が出るけんのう、浴衣のケツが血で汚れたら困るじゃろ」

「初めてか」

「おう、まっさらよ」

教室に女子はいない。いれば、さすがにスギヤマもパンツ一丁にはなれないだろう。こんな会話は交わせないだろう。

俺たちの高校は、かたちは共学校だが、女子の人数が極端に少ないので、八クラス中六クラスが男子だけ――俺たち五人は、三年間一度も女子のいるクラスにはならなかった。学校でのオンナっ気ゼロの三年間である。気楽といえば気楽だが、寂しいといえば寂しい。

だが、俺たちは、女子との接点で大きなハンディキャップを背負いながらも、高三の夏までに全員なんとかカノジョをつくっていた。ここは褒《ほ》めてもらってもいいところだ。

問題は、その「質」である。

顔ではない。性格でもない。評価軸はただ一つ、やれるかどうか。

理屈っぽいシミズに言わせると、カノジョには三種類あるらしい。

レベルが高い順に、「やらせてくれるカノジョ」「やらせてくれそうなカノジョ」「やらせてくれないカノジョ」——じつに明快な区分ではないか。

俺たちのカノジョは皆、「くれない」だった。ときどき「くれそうな」にレベルアップすることもあるのだが、長続きしない。「くれる」への道ははるかに遠い。

しかし、スギヤマはやった。「くれそうな」の壁をみごとに突破して、「くれる」に至った。えらい。悔しい。うらやましい。

「浴衣いうのは便利なもんじゃ。裾《すそ》や襟《えり》をパッと広げるだけで、乳も揉《も》めるし、めんちょもいじれる。昔のひとの知恵には、ほんま、つくづく頭が下がるわ」

スギヤマはそう言って、俺の広げた脚の間に体を入れた。顔を手で覆っているので、スギヤマの動きの細かいところはわからない。胸がドキドキする。するな。

「まずは、まあ、乳からじゃ」

シャツの上から胸をさわさわっといじられた。思わず身を固くしてしまうと、イトーが「おっ、感じとる感じとる」と笑った。

「揉むだけじゃいけんど、先っちょをつまんでやらんとオンナは喜ばん」

あ——こいつ、ほんとにつまみやがった。

思わず「ボケッ」と叫んで身をよじると、「逃げるな」と肩を押さえられた。

「スギ、おまえ、それ……強姦違うんか」

「アホ、オンナの『やめて』は『して』のうちじゃ」

「……ほんまかぁ？」

「ケツにハンカチ敷いとったら、合意の上いうことなんじゃ。強姦にはならん」

スギヤマはパンツの前を、グイッと俺の股間に押しつけてきた。「脚、もっと上げんかーい、広げんかーい」と、グイッ、グイッ、グイッ……。

当たる。熱いものが当たる。ちょっとアホ、やめろ、バカ。固い。固い——？　こいつ、勃ててるのか？　ケダモノか？

教室にいた他の連中も、騒ぎを聞きつけて、俺たちのまわりに集まってきた。「あいかわらずアホじゃのう」「こういうのを白黒ショーいうんじゃろう」「オトコとオトコじゃけえ黒黒ショーじゃ」「おうおうスギのあそこ、もっこりしとるがな」「ヒロ、腰振らんかい」……こいつらもみんな暇だ。

だが——。

チャイムが鳴りひびいて、俺たちの間抜けな時間は終わる。夏休み返上の補習授業が始まる。予備校のない田舎町では、高校が受験勉強の面倒も見てくれるわけだ。

スギヤマは「ええところじゃったのに」と悔しそうに言いながら、俺から体を離し、俺も立ち上がった。と、その隙に、ノムさんがスギヤマのシャツとズボンをかっさらってしまった。

「あ、ノム、こら、返せ、なにしよるんな」

スギヤマはあわてて奪い返そうとしたが、もう遅い。シャツもズボンもみごとなパスワークで教室の最前列の席まで運ばれ、教卓に置かれた。

そこに、英語のクワザワ先生が入ってきた。

パンツ一丁でうろうろしているスギヤマを見て、一言——「おまえ、アホか?」。

そんなスギヤマが二十七年後のいま、商社マンとして世界を飛び回っているなんて、あの頃の誰が信じるだろう。

一九八〇年の物語だ。

スギ、ノムさん、イトー、シミズ——おまえたちのこと、ばらしてやる。

カミさんや子どもたちには、読ませるな。

2

安田一平が憧れだった。

本宮ひろ志先生の名作『俺の空』の主人公である。

入試に「尊敬する人物を二人挙げよ」という問いが出たら、俺はためらいなく、矢沢永吉と安田一平を挙げる。

他の四人も同じだ。高杉晋作、江夏豊、武田鉄矢、ジョン・レノン……尊敬する一人目はばらばらでも、二人目となると、安田一平しかいない。

理論派のシミズいわく、オトコというものには「上半身用」と「下半身用」の尊敬する人物が必要なのだ。俺の場合なら、スーパースターになることを目指して上京し、夢をかなえた矢沢のエーちゃんに寄せる尊敬の念が、上半身。そして、オンナにモテモテの安田一平に捧げる敬意は、紛《まぎ》れもなく下半身。いわば理性と感情、知性と本能、文明と野性、建前と本音なのである。

実際、安田一平はモテていた。安田財閥の御曹司《おんぞうし》にして、天才的な頭脳を持ち、スポーツも万能、それでいてルックスまでバツグンで、性格もサイコーのオトコなのだ。モテないはずがない。やらせてもらえないわけがない。なにしろ、理想のヨメ探しの旅をつづける一平の初体験の相手は、婚約者もいる担任教師なのである。

「家柄だけは、自分の努力じゃどないしようもないけえのう……そりゃあ、安田一平には勝てんわい。わしは次男じゃし」

思いっきりずうずうしく負けを認めるシミズは、とにかく理屈っぽい。

「東京にはビニ本いうもんがあるらしいど」「ノーパン喫茶いうもんもあるんじゃろ」と盛り上がる俺たちを冷ややかに見下して、「裸を見て勃てとるうちは、動物と同じじゃろうが」と言う。「もうちぃと頭を使えや、頭を」

ヌードグラビアやエロ漫画やポルノ映画で興奮するのは、人間として二流なのだという。

真に文化的な教養あふれるオトコは、言葉で勃つ。文字で勃つ。梅干しをにらんで口の中に唾《つば》をためて飯を食う貧乏武士のようなものである。

「考えてみい、『友情』やら『理想』やら『真実』やらと同じ活字で『蜜壺』やら『花芯』やら『肉棒』て書いてあるんど。『郷土愛』と『臥薪嘗胆』と『後背位』と『処女喪失』は、同じ日本語なんど。『示威』と『自慰』は同音異義語なんど。すごかろうが、すごかろうが、文字いうんはたいしたもんじゃろうが……」

ワケがわからない。

しかし、シミズは理屈をこね回すだけではなく、実践もしていた。高校一年生の頃はノーマルに宇能鴻一郎先生や川上宗薫先生を愛読していたが、やりたい盛りの二年生になると辞書の卑猥《ひわい》な見出し語だけで、示威が、いや自慰ができるようになった。

三年生になると、さらにレベルが上がる。字の中に「女」がある漢字ならなんでもOKになった。「姉」「妹」「嫁」「娼」「婦」「妻」「姦」……「安」で勃てたときには、さすがに感心した。

それに気をよくしたシミズは、女子の名前によくある文字——「美」や「子」だけでも、できる、と豪語する。

「日ペンの美子ちゃんもええけど、最強の名前は宮崎美子じゃ。『美』じゃ、『子』じゃ、子宮の『宮』じゃ」

あまりにもいばるものだから、腹を立てたイトーが、「ほな、これでどうじゃ！」とノートに人名を書きつけた。

小野妹子——。

「妹」に「子」のダブルである。条件は整っている。だが、当然ながら、小野妹子はオトコなのである。

「どないじゃ、シミズ、おう、こら、勃てるもんなら勃ててみんかい！」

イトーに詰め寄られ、「三分以内に勃たんかったらアイスおごるんど」と一方的に決められて、絶体絶命に陥ったシミズは、精神を集中させて「小野妹子」を食い入るように見つめた。

一分、二分……残り十秒のカウントダウンが「3」になったところで、シミズは「よっしゃーっ！」と叫んで、勢いよく立ち上がった。ズボンの前が、もっこりしていた。みごとである。じつにみごとである。

あとで俺にだけ、こっそり教えてくれた。

「日本人には苗字と名前がある。イトーはアホじゃけえ、『妹子』しか見とらん」

シミズが注目したのは、苗字の「小野」のほうだった。小野という苗字の、やりたいオンナを必死に探していたのだ。

「最初は小野小町が浮かんだ」

「おう、それはわかる」

「ほいでも、わしは顔を知らん」

「百人一首じゃ……さすがに勃たんわの」

「次は、オノ・ヨーコじゃ。これはまいった、どんどんしぼんでいく一方じゃ」

めちゃくちゃなことを言う奴である。それを書く俺も俺だが。

「で、思いだしたんよ、小野みゆきを」

「おう！　そうか！」

資生堂のＣＭに出ていた、ちょっと顔のコワいねえちゃんである。

「そこから先は、もう、一直線よ」

わははっ、と笑うシミズなのだった。

そんなシミズが、念願かなって童貞を捨てたのは九月だった。

スギヤマがいちはやく経験者になってから、一ヵ月――「あげなケダモノにいつまでも横着なこと言わせちゃおれんど」とあせっていたシミズは、ついに、付き合っていたカノジョと、やったのだ。

「ようやらせてくれたのう、あの子が」

俺たちはみんな驚いた。理屈っぽいシミズにふさわしく、カノジョは中央女子高校の図書委員で、高校時代はおろか結婚するまで清い関係でいたがるタイプのまじめな女子だったのだ。

「本の好きなオンナは、本で攻めるんがいちばんよ」

使ったのは、『ムツゴロウの青春記』だった。ムツゴロウ――畑正憲先生である。動物王国である。

「ムツゴロウの青春いうたら、まあ、ふつうのオンナは安心する。ほいじゃけど、じつは、この本、純愛で、エッチなところもようけある」

「ほんまか？」

「おう、もう、なんちゅうか、ほんまに愛し合うとったら、やっぱり一発やらんといけんじゃろ、いう気にしてくれるんよ」

「動物は出とらんのか」

「オトコとオンナも動物じゃ」

俺ものちに読んでみた。ムツゴロウ先生と奥さんの、甘酸っぱくて情熱的な愛の記録だった。エッチな場面もある。それも、オトナが読んで興奮するのではなく、高校生が胸をドキドキさせるにふさわしい、青い果実のエッチなのである。

それを、シミズはカノジョに貸してやったのだ。「感動したから読んでみろよ」と東京の言葉をつかって、すかして言ったのだ。

三日後、シミズとカノジョはデートした。市立図書館の自習室でカノジョの顔を見た瞬間、よっしゃっ、と心の中でガッツポーズをつくった。はにかんだ顔でシミズを見つめるカノジョは、いつもの「やらせてくれない」から「やらせてくれそうな」に変わっていたのだ。

あえて、しばらく黙って勉強した。大学受験に燃える真面目な青春を演出した。

「ちょっと休憩しようか」

「……うん」

中庭に出て、ベンチに座り、満を持して尋ねた。

「あの本、どうだった？」

「……おもしろかった」

「どこが？」

「だから……ムツゴロウさんと奥さんのラブレターとか、いろんな……」

そう、いろんなことをするのである、あの二人は。愛し合っていれば、いろんなことができるのである。

頬を赤らめたカノジョの横顔をそっと覗き込んだシミズは、前夜から何度も練習してきた言葉を口にした。

「俺たちも……あんな二人になれたらいいね」

カノジョはさらに頬を赤くして、こくん、とうなずいた。その瞬間、シミズは確信したのだ。「やらせてくれそうな」の壁を突破して、未体験の「やらせてくれる」ゾーンに踏み込んだことを。

「今日、おふくろ、パートに出てるから、帰りが遅いんだ」

「……そう」

「あ、いけない、『寺田の鉄則』を家に忘れてきたよ、ボク。ちょっと取りに戻るんだけど……」

クソみたいな芝居のまま、シミズは運命の一言を口にした。

「一緒に……来る？」

カノジョはセーラー服の胸元に顔を埋めるように、恥ずかしそうにうなずいた。

「で、やったんか！」「はめたんか！」「つっこんだんか！」「処女膜破いたんか！」

俺たちが勢い込んで訊くと、シミズは心底軽蔑《けいべつ》しきった顔で言った。

「一つになった、言うてくれんかのう」

遠くを見るまなざしになるのである。

「ぬくかったのう、あそこは」

しみじみと言うのである。

「わしにすべてをゆだねて脚を開いてくれた格好……漢字の『美』によう似とった……」

やっぱり文字が好きなのである。

そんなシミズは、いま、県立高校の国語の教師である。学校名は言わない。シミズも、むろん仮名である。

ただ、名前に「美」や「子」のつく女子生徒を妙にひいきして、読書感想文のお勧め本に『ムツゴロウの青春記』を挙げる教師がいたら……親御さんともども、くれぐれも気をつけていただきたい。

3

十月は収穫の季節である。米も野菜も果物も、そしてもちろんカノジョも。

「いよいよ熟してきたど、おい」

イトーは放課後の教室でギターを爪弾《つまび》きながら言った。

「熟したら早う穫《と》らんと、カラスに食われてしまう。柿と同じじゃ」

ロック小僧のイトーは、中央女子高でバンドを組んでいる一年生と付き合っていた。『チェリー・ボム』を歌ったランナウェイズのシェリー・カーリーのようにコルセットとガーターベルトでキメている――ただし、学校当局の指導によりジャージの上から穿いているカノジョだが、一学期の頃はまだ中学生の体型で、色っぽくもなんともなかった。

それが、秋が深まるにつれて、熟してきたのだという。出るところは出て、くびれるところはくびれて、いよいよ摘みどきが訪れたのだという。

「いままで辛抱した甲斐があったわい。甲斐いうたら、よしひろじゃ」

チャラフッと甲斐バンドの『安奈』のイントロを弾き、ついでにツェッペリンの『天国への階段』を弾き、勢いでクラプトンの『ワンダフル・トゥナイト』を弾いて、ディープ・パープルの『バーン』を弾いた。

イトーはウチの高校でいちばんギターがうまい。将来は絶対にプロになるんだと言っている。福岡の大学を受験するのも、「いまロックは博多がいちばん熱いんじゃけえ」という理由からだった。

ギターが弾ける——それだけでシード権獲得である。その意味では、俺たちの中で最も余裕を持っていたのはイトーだった。入学したてのネンネだったカノジョは「やらせてくれない」オンナだったが、じっくり待っていれば必ず「やらせてくれる」オンナに脱皮する。それを信じていたからこそ、いままでおとなしくギターのコーチを務めていたのだ。

「はっきり言うて、安田一平もギターはよう弾けん。わしの勝ちじゃ」

悔しい。しかし、認めるしかない。

俺は素直にうなずいたが、負けず嫌いのノムさんは「おまえは卑怯者《ひきょうもの》じゃ！」と言い切った。「オンナの前で弾く歌とわしらの前で弾く歌が違うがな！　卑怯じゃがな！」

そうなのだ。

この男は、女子が一人でも聴いているときにはギターソロのカッコいい曲ばかり演奏する。しかし、俺たちしかいないときには、くだらない替え歌をつくるのが趣味なのだ。

あの名曲『酒と泪《なみだ》と男と女』は、ついつい男に体を許してしまったオンナの悲しみを歌う『させて泪の男と女』になる。サビは「揉んで、揉んで、揉まれて、揉んで、揉んで、揉み疲れて果てるまで揉んで」である。

ヤマハのポプコンでグランプリを獲った円広志《まどかひろし》の『夢想花』のサビは「揉んで揉んで揉んで揉んで揉んで……輪姦《まわ》して輪姦して輪姦して輪姦す」と、極悪非道の一曲になる。

真面目な女子の人気を一身に集めるさだまさしの『関白宣言』は、セックスが弱いダンナを歌った『淡泊宣言』になり、「俺より先に濡れてはいけない、俺よりあとにイッてもいけない」と歌うのである。「俺は先っぽしか入れない、たぶん入れないと思う、入れないんじゃないかな、ま、ちょっと覚悟はしておけ」なのである。

それでいて、カノジョの前ではサンタナを弾くイトーなのだ。弾き語りでストーンズの『アンジー』を聴かせる男なのだ。

「人間、裏表のある奴は嫌われるど」

友情を込めて忠告してやっても、聞く耳を持つような男ではない。

「まあ、ビートルズにジョンとポールがおるようなものじゃろ」

ギターをジャーンと鳴らして笑う。

俺たちの「しくじれ！」「親に見つかれ！」「入れる前に漏らせ！」「勃つな！」の祈りをよそに、イトーはあっさりと童貞を捨てた。

話を聞くのもアホらしくなるような、簡単な初体験だった。

あの頃、田舎町の高校生——特に農家の悪ガキどもの間では、プレハブの勉強部屋を庭に建ててもらうのが流行《はや》っていた。ちょっとした離れである。なにしろ田舎の家は敷地だけは広いので、そんな贅沢《ぜいたく》も可能なのだ。

イトーのカノジョも、ワンルームのプレハブに寝起きしていた。そこにイトーは訪れた。夜中にこっそり、形だけギターを背負って。

「セッションしようで」

むろん、ギターではなく体のセッションである。リハーサルなしのぶっつけ本番だったが、きれいにハモったのだという。ピンク色の乳首をチョーキングしたときのあえぎ声がサイコーだったという。「わしのマイクも使うてくれや」とナニを顔の前に突き出すと、初めてだというのに、カノジョはエアロスミスのスティーブン・タイラーのようにベロを使ったのだという。あいつら、アンコールまでしたのだ。オールナイトだったのだ。

次の日、イトーは初体験の感動を替え歌にして、俺たちに披露した。

吉田拓郎の『結婚しようよ』を元歌にした、『結合しようよ』――「ぼくのちんぽがヘソまで勃って、きみのオヤジが寝たら、約束どおり、離れのプレハブで、結合しようよ、ううーん」。

俺たち全員に蹴りを入れられたのは、言うまでもないことである。

イトーは結局プロのミュージシャンにはなれなかった。いまは福岡で自動車のディーラーに勤めている。

今年の年賀状には〈息子が高校生になってギターを始めました〉と手書きのメッセージが添えてあった。

だが、イトー自身がいまでもギターを弾いているのかどうかは、書いていなかった。

4

受験勉強もそれなりにやっていたはずなのに、あの頃を振り返ると、くだらないことをして、どうでもいいことをうだうだとしゃべって暇をつぶしていたことばかり思いだす。

セックス――なんで、あんなにやりたかったんだろうな、あの頃。

俺が小遣いをはたいて買った『週刊プレイボーイ』特別編集版の『俺の空』をみんなで回し読みしながら、ほんとうに、セックスのことしか話してなかったな、俺たち。将来の夢とか、青春の悩みとか、人生でいちばんの幸福とはなにかとか、戦争はなぜなくならないかとか……なーんにも話さなかったよな。

でも、俺たちは知っていた。残りわずかな高校生活が終わると、俺たちはばらばらになってしまう。地元の国立大学を受験するのはシミズだけで、ノムさんは名古屋、スギヤマは大阪、イトーは福岡、そして俺は東京へ出て行ってしまう。「夏休みや正月には、またみんなで集まろうで」と言いながら、ほんとうは俺たちみんな、五人揃うことはもうないだろうな、とわかっていた。

実際、そのとおりになった。

これからも、たぶん。

「親友」だとは思わない。もうちょっとましな付き合いをしてきた友だちは、俺には何人かいるし、おまえたちだってそうだろ？

でも、最近――おまえたちのことがむしょうに懐かしいんだ。

スギヤマ、シミズ、イトー、ノムさん、おまえたちはどうだ？

高校を卒業するまで童貞を捨てられなかった俺のこと、たまには思いだしてくれてるのかな。

5

最後の童貞仲間だったノムさんが、十二月に「向こう」に行ってしまった。一年生の頃から付き合っていたカノジョが、クリスマスプレゼントに、自分自身を捧げてくれたのだ。

美しい。取り残された寂しさや悔しさを抜きにして、素直に思う。ケダモノに詐欺師《さぎし》二人がつづいた童貞卒業の乱れた系譜を、ようやく男・ノムさんが断ち切ってくれた。

「わしが名古屋に行ってしもうたら、もう会えんようになるけえのう……」

アホ三人とは違って、むやみやたらにはしゃがないのがノムさんである。

「これで責任を背負うてしもうたわけじゃ。どがいなことがあっても、アレを幸せにしちゃらんといけん」

むしろ苦悩に満ちているのである。いますぐにでもカノジョの家を訪ねて、両親に土下座しそうなほどなのである。

「嫁にしちゃれ、嫁に」

まぜっかえすスギヤマの頭を一発はたき、「もちろん、そのつもりじゃ」ときっぱり言い切る。「大学を出て、一丁前になったら、すぐに嫁にしちゃる」

「入ってから言えや」

横から口出ししたシミズも、はたかれた。

松山千春の『季節の中で』の替え歌『スカートの中で』――「めくる、めくるスカートの中で、あなたはなにを見つけただろう」と口ずさみながらトイレから戻ってきたイトーは、話の流れすら見えないまま、ケツに蹴りを入れられた。

クソ真面目な男なのだ、ノムさんは。

そんなノムさんの美学では、アホ三人のように初体験をこそこそとするわけにはいかなかった。

「初めてのときはホテルでするって決めとったらしい、アレは。じゃけん、わしもなんとかして夢をかなえてやろう思うたんじゃ」

「ほいじゃけど、高校生二人で泊めてくれるホテルやら、ありゃせんじゃろうが」

「あったんじゃ、それが」

「どこな」

「国道のバイパスに、『シンデレラ』いうホテルがあろうが」

「おまえ……アホ、それ、モーテルじゃがな」

「ホテルはホテルじゃ」

あまりにも堂々と言われると、もう俺たちは黙り込むしかなかった。『シンデレラ』

は俺たちも知っている。西洋の城みたいな外観で、バイパスにキンキラキンの看板を出している悪趣味きわまりないモーテルだ。

カノジョが夢見ていたホテルとはそういうものではないはずだと思ったが、ノムさんがすでに拳を握っているのを見て、言うのをやめた。こんなくだらないことでグーで殴られるほど俺も愚《おろ》かではない。

「ほいでも……」シミズが言った。「『シンデレラ』はけっこう遠いじゃろ。車で行かんとえらい時間かからんか？」

「ノム、まさか無免許で車運転したんと違うじゃろの」とスギヤマも言って、「おまえ、バイクも乗れんじゃろうが」とイトーがつづけ、最後に俺が「どないして『シンデレラ』まで行ったんか」と訊いた。

ノムさんは悪びれることなく、胸を張って言った。

「自転車じゃ」

俺たち四人は唖然《あぜん》とした顔を見合わせた。

夜のバイパスである。長距離トラックがびゅんびゅん走るバイパスである。

そこを、ノムさんとカノジョの自転車が二台連なって走るのだ。『シンデレラ』目指して、寒空の中、必死にペダルを漕《こ》いでいるのだ。やるために、やらせるために、やるために、やらせるために、やるために、やらせるために……。

行きはまだいい。問題は帰りだ。感激の初体験を終えた二人は、また自転車に乗って帰るのだ。キーコ、キーコ、とペダルを軋《きし》ませて、行きよりもさらに夜が更けて風が冷たくなった中を、童貞を失ったオトコと処女を失ったオンナが帰っていくのだ。

「途中で停《と》まってしもうたんよ、アレの自転車が。初めてしたあとじゃけえ、やっぱり痛いんよ、血がにじんどるんよ、あそこに」

ノムさんはカノジョの体を心配して、「だいじょうぶか？」と肩を抱き寄せた。するとカノジョはノムさんの胸に顔を埋めて泣きだしたのだ。そんなに痛いのか、とあせるノムさんに、カノジョは「違うんよ、違うんよ」と泣きながら言った。「痛いけど、ウチ、うれしいんよ、これ、うれし涙なんよ……」

ノムさんも万感胸に迫って、カノジョを抱きしめた。

「ウチ、きれいやった？」「おう、おう、まぶしいぐらいきれいじゃった」「ウチ、おっぱいがちっちゃいけん、恥ずかしかった」「そげなことない、ちょうどええ、ちょうどええ」「ウチ、ノムラくんのこと愛しとるけんね」「わしもじゃ」「ウチのこと、名古屋に行っても忘れんといてね」「忘れるわけなかろうが、ボケ」……。

感激の一夜を俺たちに語り終えたノムさんの目には、涙がうっすら浮かんでいた。俺たちの存在などすっかり忘れてしまったみたいに、赤く潤んだ目で空をキッと見上げて、「幸せにしちゃる、幸せにしちゃる……」とうわごとのように繰り返していた。

ノムさんは、クソ真面目な奴だった。

大学に入ってしばらくしてカノジョと別れてしまったのも――ノムさん、俺は信じてる、きっとクソ真面目な理由があったんだろう？

なあ、ノムさん。

おまえはほんとうに、クソ真面目な男だった。だから、社会に出たら苦労するだろうな、と俺は思っていた。

当たっちゃったな、その予感が。

おまえは、いま、どこにいるんだ――？

なにをしてるんだ――？

名古屋で就職をして、結婚をして、子どもができて、会社をいくつか変わって、離婚したという噂が流れて、そのうちにぷっつりと連絡が取れなくなってしまった。

田舎には帰ってないのか？　親父さんもおふくろさんも心配していた、とシミズがいつか教えてくれた。『俺の空』の安田一平みたいに、再婚相手を探す放浪の旅に出てくれているのなら、いいけれど。

ノムさん、あの頃は楽しかったな。あの頃が楽しすぎて、一生分笑ってしまったから、おまえはその後の人生を笑えなくなってしまったんだろうか。

俺のこの思い出話、いちばん読んでほしい相手は、おまえなんだ――。

6

そして俺だ。いよいよ、俺の番だ。

俺にもカノジョはいた。

優柔不断の俺に似合わず、というか、だからこそ、というか、気の強いしっかり者のオンナだった。ノムさんのカノジョとは違う。遠くに行くカレに自分自身をプレゼントしてくれるようなオンナではない。

「なんで、あんたが東京に行かんといけんの」

ケンカ腰で言われた。

「ここにも大学あるやん」

それはそうなのである、確かに。カノジョは地元の国立大学を受験する。偏差値は決して低くない。地元で就職するのなら東京のヘタな私大に行くよりもずっと有利で、俺が受験するのはヘタな私大ばかりだった。

「東京に行って、なにするん」

学問じゃ――と答えたら、アホ違うん、とあっさり切り捨てられた。

「あんたなあ、はっきり言うで、ウチ。あんたは矢沢のエーちゃんとは違うんよ。あんたみたいなアホが東京に行って、なんができるん。迷子になってしまうんがオチやわ」

キツいオンナなのである。

言いたい放題なのである。

だが、カノジョだって——ほかの四人の彼女と同じように、俺のことが好きだから付き合ってくれているのである。

「ウチは許さんけんね、絶対に許さんけんね、東京に行くんやったら、ウチを刺してから行きんさい！」

物騒なことを言う。

目に涙を溜《た》めて、悔しそうに言う。

「思い出をつくろうや」

俺は言った。「わしが東京に行ってもおまえのことを絶対に忘れんぐらいの、ぶちすげえ思い出を一緒につくろうや」——ノムさんの成功例を参考にして言った。

だが、カノジョは俺の魂胆《こんたん》を一瞬にして見抜いて、「だめっ」と言った。

いままでなら、それで引き下がっている。しかし、すでに二月である。来週からは上京して、一週間で三つの大学を受験する。かたくなに「やらせてくれない」を貫くカノジョを、せめて入試前に「やらせてくれそうな」に持ち込んでおきたい。そして、めでたく合格のあかつきには、お祝いとして……。

その野望を果たすためには、なりふりかまってはいられない。

開き直った。

「おう、わし、やりたいんじゃ」

「なんで」

「おまえが好きじゃからに決まっとるやろ」

「ほんなら、なんで東京に行くん。好きなオンナを残して東京に行けるわけないやろ？」

「……オトコを磨《みが》いてくるんじゃ」

「ほんなら、東京で、オトコを磨いてくれるオンナのひとを探して、させてもろうたらええん違う？」

「おまえじゃないといけんのじゃ！」

決まった。われながらみごとな一言だった。

カノジョはすねたようにそっぽを向いてしまったが、その横顔は、間違いなく、俺の一言にじーんとしている、と思う、ような気もしないではない、かもしれない。

カノジョはそっぽを向いたまま、俺の入試の日程を訊いてきた。怪訝《けげん》に思いながら答えると、「この日やったら、してあげてもええよ」と日付を指定された。

俺は思わず息を呑《の》んだ。その日は、受験がない。しかし、翌日は、本命の大学の受験日——予定ではホテルにこもって最後の勉強をすることになっていたのだ。

「この日に帰ってきてくれるんやったら、してあげる。お昼に帰ってくれば、その日のうちにまた新幹線で東京に戻れるやろ？　次の日の受験に間に合うやろ？」

正午に駅の改札に来てね、とカノジョは言って、俺の返事を待たずに歩きだした。あわてて声をかけても、振り向かず、足を止めることもなかった。

なぜ東京なのか。

東京でなにができるのか。

カノジョにぶつけられた問いは、入試が始まっても胸から消えなかった。

答えられない。建前や能書きを並べていいのならそれなりの答えは出てくるが、そんなものにはなんの意味もないことを、誰よりも俺自身がわかっている。

それでも東京なのだ。

東京で、なにかを、したいのだ。

だから、なぜ——？

なにをしたい——？

すでに人生の半分以上を東京で過ごしているいまも、その問いは胸の奥深くに、ある。

なぜ東京だったんだろうな——。

俺は東京でなにをしたかったんだろうな——。

過去形になってしまうところが、ちょっと寂しいけれど。

受験の日程をすべて終えてふるさとに帰ると、駅の改札にはあいつらが来ていた。新幹線の時刻、おふくろから聞いたらしい。

「ヒロ……伝言預かっとるんじゃ」

四人を代表して、ノムさんがカノジョの言葉を伝えてくれた。

東京でがんばってください。いつまでもお元気で。さようなら——。

「おまえ、約束すっぽかしたらしいの」

イトーが責めるように言った。

「泣いとったど、あの子」

スギヤマが咎《とが》めるように言った。

「あのひとはウチより受験のほうが大事なんよ、って」

声色をつかってなじったシミズは、しくしくしくっ、と泣き真似までした。

そんな三人の頭を三連発ではたいたノムさんは、笑いながら、カノジョの伝言のつづきを教えてくれた。

もしもあの日帰ってきていたら、あなたを軽蔑していました――。

「結局、ヒロだけが童貞のまま、いうことか」

駅の外に向かって歩きながら、スギヤマが言った。「まあ、それはそれで貴重なものじゃ、結婚するまで大事にしとけ」

「うっせえ、ケダモノ」

シミズが肩をついて「ヒロ、ええこと教えちゃる」と言う。「『性』という字は、生きる心と書くんじゃ。『性交』は、生きる心が交わる、いうことなんよ。童貞を捨てるには、まずはオンナと心が交わらんといけんのよ。体だけの関係は人間として恥ずかしいこっちゃ」

「偉そうなこと言うな、この詐欺師」

スギヤマとシミズを笑いながらにらみつけていたら、イトーが「ヒロ、聴いてくれや、わしの新曲」と言った。

清水健太郎の『失恋レストラン』の替え歌で『失恋しとらん』――「やりたけりゃ、ここでお出しよ、ちんぽ拭《ふ》くハンカチもあるし、指が濡らしたきみのめんちょを、優しく包むパンツもある」。

「こういうふうになるとええのう、ヒロも」

「いらん世話じゃ、アホ」

こういうときは、やはりノムさんに話を締めてもらわなければいけない。

ノムさんは真面目くさった顔で、重々しく言った。

「まあ、アレじゃ、セックスするいうんは相手の体と心に対して責任を負う、いうことじゃけえの。悔いの残らんよう、しっかり相手を選んで、がんばれや」

「……おまえ、いつからじいさんになった」

そして俺たちは、誰からともなく笑いだす。歩きながら、腹を抱え、隣の奴を肘《ひじ》でつきながら、大声で笑った。

駅の外に出た。

一週間ぶりに見るふるさとの町の空は、もう春の薄曇りになっていた。

駅前のロータリーで、「ゲームセンターにでも行くか？」と誘ってみたが、みんなそれぞれ用事があるらしく、ここで解散ということになった。

「あとは学校行くんも卒業式だけか……」

シミズがぽつりとつぶやくと、イトーは「あ、わし、休む。少しでも早う博多に引っ越して、バンドのメンバー集めんといけんけん」とあっさり言った。

「ちゅうことはアレか、全員集まるんは、これが最後か」
寂しそうな顔になったノムさんに、スギヤマが「またすぐに会えるわい」と笑った。
そうそう、すぐ会えるすぐ会える、夏休みまではあっという間じゃ——。
みんな、そう思っていた。
だから、「じゃあの」「バイバイ」と軽く言葉を交わして、別れた。
それっきりだった。

横須賀ベルトを知ってるかい?

1

転校生は黒のダボシャツに背広を羽織って教室にあらわれた。

最初は親父か兄貴が代理で挨拶に来たのかと思った。で、親父か兄貴はヤクザで、息子もしくは弟をなめんなよコラ、なめとったらしばき回したるど、と脅しに来たのかと思って、教室にいた僕たちは身をすくめて息を呑んだのだ。

だが、クラス担任の中川先生にうながされて教壇に立ったダボシャツ男は、意外と小柄だった。顔つきも幼い。正面からだとヒシ形に見えるほどとんがったリーゼントのトサカの下には、ニキビだらけで間の抜けた、どこからどう見ても中学生の顔がついていた。

教室に入ってきたときにはビビってこわばっているように思えた中川先生の顔も、よく見ると、あきれはてて、うんざりしているのだとわかった。

「あー、今日から、みんなと同じクラスになった……」

先生の紹介をさえぎって、ダボシャツ男は両手をズボンのポケットに突っ込み、肩を揺すって、言った。

「オレ、流れ者だから」

ざわついていた教室が、静かになった。

「マッちゃん、なんな、いまの」

隣の席のセキタンが小声で僕に言った。

僕も「さあ……」と首をかしげた。

僕たち二人だけではない。二年三組の全員、ついでに先生まで、ぽかんとしていた。

「どうせ長い付き合いじゃないけど、まあ、流れ星か嵐のような男だと思ってくれ」

教室はさらに静かになった。

転校生はリーゼントのトサカを両手でビッと撫《な》でつけながら、へへん、と笑った。どうだ見たか、まいったか、と勝ち誇るような笑い方だった。

マッちゃんマッちゃん、とセキタンに肘をつつかれた。

なんな、と顔を寄せると、セキタンは息だけの声で言った。

あいつ、アホか。

アホなんじゃろ。

僕もこっそり返し、かなわんのう、と二人で笑い合った。

中学に入ってから一年半、二年生の十一月になって初めて迎える転校生だった。転校生が来るらしい、ウチのクラスに入るらしい、というウワサが流れた昨日のうちから、どんな奴なんだろうとドキドキしていたが、まさかこんなアホとは思わなかった。

転校生は得意そうにつづけた。

「坊主頭の学校に転校してきたのは初めてだけど、オレ、坊さんになる気ないから」

教室の沈黙に、ピキッとした緊張が——男子限定で走った。

僕たちだって好きで坊主頭にしているわけではない。むろん、将来は坊さんになるつもりでもない。

ケンカを売っているのだろうか。クラスでいちばんガラの悪いヨッさんは早くも、なめんなよ、と机をガタガタ揺すっている。

転校生は平然として、なおもつづけた。

「まあ、おかっぱのオンナは嫌いじゃないけどさ」

今度は女子限定で、空気が凍りつく。

ウチの学校では、女子の髪形も校則で細かく決められている。肩に触れないおかっぱ、前髪は眉を隠さない長さまで。田舎なのだ。田んぼの中にぽつんと建つ中学校なのだ。

こいつに挨拶を任せていてはいかん、と思ったのか、中川先生はそそくさとチョークを手に取って黒板に向かった。

「まあ、ほいで、名前じゃけど……」

伊達草平――と書いた、その瞬間、セキタンがすっとんきょうな声をあげた。

「イタチ？　クサへー？」

イタチ、クサ屁――。

教室がどっと沸いた。

悪気はない。幼稚園の頃から親友の僕が保証する。国語が大の苦手のセキタンは、漢字がただ読めなかっただけなのだ。

だが、転校生は怖い顔をしてセキタンをにらみつけて、教壇から下りてきた。ズボンのポケットに両手を突っ込み、パッドで盛り上がった背広の肩をゆっさゆっさと揺すって、セキタンの席まで来た。

セキタンはウケたことに気をよくして、へへっ、えへへっ、と後ろを振り向いて笑っていたので、転校生がすぐそばに来るまで気づかなかった。

「よお……」

転校生は顎《あご》をしゃくって声をかけた。

「ん？」

のんきに振り向いたセキタンに、「なめてんのか、おまえ」と言う。

「は？」

「……オレのこと、なめてんのか」

「へ？」

ヤバい。マズい。僕はあわてて「違うじゃろ、セキタン、アホ」と言った。「ダテじゃ、ダテ・ソウヘイじゃ、あれはイタチじゃのうて、ダテ、読むんじゃ」

「ほんま？」

つくづく、とことん、のんきなのだ。

ダテくんは僕をチラッと見て、よし、おまえは許してやる、というふうにうなずきながら、ズボンのポケットから出した右手を背広の内ポケットに移した。

そしてセキタンに向き直ると、甲高い声で怒鳴った。

「殺すぞ！」

ポケットから出した右手を頭上に掲げた。手に光るものが見えた——と気づく間もなく、勢いよく振り下ろした。

セキタンの机に、彫刻刀の刃が深々と突き刺さった。

教室はしんと静まりかえった。さっきまでとは種類の違う沈黙だった。

とんでもない奴が来てしまった。

さすがにセキタンも顔をひきつらせて、「ごめん」すら言えずにいた。

ダテくんは彫刻刀の柄をグリグリと回して、刃をさらに深く机に押し込みながら、

「流れ者だからな、オレは」とすごんだ声で念を押した。「パッと咲いて、パッと散る男だから、なめたこと言うんじゃねえぞ」

ひゃいっ、ひゃいっ、とセキタンはしゃっくりのようなしぐさで何度もうなずいた。

ダテくんはそれでやっと気がすんだのか、リーゼントのトサカをまたビッと撫でつけて、近くの女子に「心配するなよ、オレ、オンナには弱いから」と笑いかけた。

教室の空気はぴくりとも動かなかった。沈黙は再び、このアホを誰かなんとかしてくれえや、というものに戻ってしまった。

「……ま、いいや」

ダテくんは初めて気まずそうな顔になって、彫刻刀を机から引き抜こうとした。

ところが、刃が深く刺さりすぎて、柄を引くと机まで一緒に持ち上がってしまう。

「ちょ、ちょっと待っとって」

セキタンが机を押さえた。

「ああ……悪い……」

片手では抜けない。見かねた僕が思わず「もっと力を入れて引っぱらんと」と声をか

けると、ダテくんは舌打ちして「わかってるよ」とにらんできた。だが、目つきにさっきの鋭さはない。あせっている。困っている。教壇で呆然としていた中川先生も、やれやれ、とため息をついて「あとでみんなではずしちゃれえ」と言った。

その一言にダテくんはよけいあせって、顔を真っ赤にして、渾身の力で柄を引っぱった。

抜けた。

刃を残して、柄だけ。

ダテくんは体のバランスを崩し、「うわっ、わっ、わっ……」とセキタンの前の席に仰向けに倒れ込みそうになった。

運が悪かった。そこは女子の中でもいちばん男子にクールでそっけない太田さんの席だった。

太田さんはあっさり逃げた。

無人の席に、ダテくんは背中から落ちた。机の角に頭をぶつけ、ひっくり返った椅子の脚で脛《すね》を打った。

それが——僕たちとダテくんの付き合いの始まりだった。

怖いのかアホなのかわからないダテくんだったが、流れ者というのはほんとうだった。

2

転校初日の昼休み、ヤジ馬根性の旺盛な男子有志に囲まれたダテくんは、得意そうに教えてくれた。

父一人、子一人——親父さんは温泉旅館を渡り歩く板前なのだという。

正規の板前が病気やケガで休んでいる間の助っ人や、新規開業の店が軌道に乗るまでの応援なので、一つの町にいられるのは、長くてもせいぜい二ヵ月、短いときには半月足らずでまた次の町へ向かう。当然、息子のダテくんも転校つづきだった。

中学に入ってからだけでも、ウチの学校が十校目。小学校から数えると、軽く三十校は超えるらしい。

「でも、ここがいちばん田舎臭い学校だけどな、はっきり言って」

その一言に、囲んでいた男子有志の半分がムカッとして立ち去ってしまった。

だが、ダテくんはそんな連中の背中をへへっと笑って見送って、話をつづける。

「流れ者だと気楽でいいぜ。どうせすぐにいなくなるんだから、先生も細かいこと言わ背広の襟をビッと伸ばし、ダボシャツの胸元に覗《のぞ》いていたランニングシャツを指で押し込んで隠しながら、「そうじゃなかったら、こんな格好できないだろ」と言う。

それは確かにそうだ。詰襟《つめえり》の制服も、坊主刈りの頭も、特例扱いで免除されている。

「前の学校では私服だったから」「前の学校では長髪ＯＫだったから」と言い張り、「どうせすぐに転校するんだから」で押し切った。前の学校でも、その前の学校でも、ずっとそうしてきたらしい。

「坊主頭の学校なんて信じられないぜ」

「……珍しいんか？」

「見たことねえよ。日本で唯一じゃねえか？」

みんなはげんなりした様子で、さらにまた何人か立ち去ってしまった。

僕もセキタンと顔を見合わせた。僕はみんなと同じように、えらそうなこと言いやがって、なめやがって、とムッとしていたが、セキタンは違った。本気でショックを受けていた。坊主頭の田舎臭さはうすうす察してはいても、まさかそこまでだとは思っていなかったのだろう。素直で単純な性格なのだ。

そんなセキタンだから――「カッコええのう、ダテくん」と無邪気に笑った。

「そうか？」とダテくんもまんざらではなさそうな顔になって、「まあ、流れ者だからな」と、しつこくイバった。

「日本中、回っとるんやろ？」

「まあな。北は仙台から南は熊本まで、流れ板の旅ガラスだからな」

「東京にもおったことあるん？」

「小学六年生の頃な。ひと月だったけど」

「大阪は？」

「あそこは、なんだかんだで三回ぐらい住んでるかな」

「名古屋は？」

「去年のいまごろは、そこにいたよ」

「すげえ、都会ばっかりじゃがな」

「まあな。たいがいのデカい町には住んだことあるぜ」

「ほいじゃけん、標準語なんか？」

「方言なんて覚えてる暇ないだろ。それに、そんなのヘタに覚えたら、次の町で赤っ恥かくだけだぜ」

セキタンは、うんうん、ほんまほんま、と大きくうなずき、「『だぜ』がええんよ、『だぜ』が」と言った。自分一人で勝手に感心していればいいものを、こっちを振り向いて、「なんちゅうても『だぜ』が都会っぽいんよのう、だぜ」と笑う。

だが、それに応える声はない。残り少なくなった男子有志は、またもや数を減らしてしまった。

この町の方言の田舎臭さは、いまさら言われるまでもなく、よくわかっている。わかっていても抜けないのが方言なのだ。

この町は人口二万人足らず。本州の西の端。どこからどう見ても田舎町だ。田舎は嫌だ。みんな思っている。都会に出たい。誰だって思っている。

だから——ダテくんのような実際に都会にいた奴には、それを言われたくない。

僕もだんだん腹が立ってきた。セキタンとの友情さえなければ、ほかの奴らと一緒に立ち去ってしまいたかった。

セキタンは素直で単純で、中学生活も折り返し点に来たというのにガキっぽくて、ひとがいい。勉強はできなくても、不思議とオトナや女子から人気があり、ウチのおふくろなんて「関谷《せきたに》くんが息子やったらよかったのに」としょっちゅう真顔で言っている。

だから——セキタンには、ダテくんの自慢話を目を輝かせて聞いてほしくない。「すげえのう、すげえのう、だぜ」と相槌《あいづち》を打ってほしくない。あんな奴と友だちになんかなってほしくない。

気がつくと、ダテくんのまわりに残っているのは僕とセキタンだけになっていた。

セキタンは無邪気に「あれ？　みんなどないしたんじゃろ」と首をかしげたが、ダテくんはそれを不審がる様子も寂しがる様子もなく、ここがどんなに田舎町かというのをぺらぺらとしゃべりつづける。

トイレが汲み取り式。それがどうした。鉄道がディーゼルで、一時間に多くても三本。それがどうした。テレビの民放が二つしか映らず、しかもどちらもＵＨＦ。俺たちだって悔しい。情けない。でも、それがどうした。名物はジャンボピーマンと鮎《あゆ》の甘露煮とワサビ漬け。それがどうした。いちばん高いビルは五階建て。飛び降り自殺が減っていいことだし、どうせまわりは山しか見えないのだ。温泉宿はわずかに五軒、そもそもはイノシシを追って山に深く分け入った猟師が見つけた源泉で、旅館の客が寝静まったあとはタヌキが露天風呂に浸かりに来るというウワサもある。旅館の食事も貧乏臭く田舎臭い。冷凍マグロの刺身しか出せずに親父さんはくさっているらしい。俺たちだって鯛《たい》の活け造りというのを一度は食ってみたい。でも、それがどうした。東京から九百キロ。それがどうした。新幹線と在来線とバスを乗り継いで、東京までは八時間半。それがどうした。それがどうした。それがどうした……。

「マッちゃん」

廊下からヨッさんに呼ばれた。ちょっと来てくれやあ、と手招かれた。立ち去る口実を与えてくれたのだろう。あせって、早く早く、とせかすあたり、なかなかの演技力だった。

よっしゃ、と歩きだした。セキタンは心細そうな顔になって僕を目で追ったが、その視線を引き戻すように、ダテくんは「いいこと教えてやろうか」と言った。

それであっさり振り向いてしまうのが、セキタンの、ほんとうに、なんというか、素直で単純なところなのだ。

「あのな、おまえら田舎者でも、一瞬で都会っぽくなれる方法があるんだよ」

「ほんま？」

「ヨコスカ・ベルトって知ってるか？　知らないだろ？」

「……知らん、だぜ」

僕だって知らない。ヨコスカとは、あの、横須賀のことなのだろうか。

ちょっと気になったが、もうどうでもええわ、そげなこと、と足を速めて教室を出た。

すると――。

廊下には三年生のガラの悪い先輩が数人でヨッさんを取り囲んでいた。あのあせった様子は、演技ではなかったのだ。

よく見たら、すでにヨッさんの顔は赤く腫れていた。先輩に一発しばかれたのだ。

ということは、僕もやられるのか。

なんで――？　と考える間もなく、富岡《とみおか》さんに胸ぐらをつかまれた。

「おう、松本《まつもと》」

「……はい」

「えらい横着な転校生が入ってきたらしいのう、おうコラ」

ダテくんのことだ。校則違反のリーゼントに、校則以前に常識はずれの背広姿は、すでに三年生の間でも話題になっていたのだ。

「なにしよるんな、三組は吉富《よしとみ》と松本が締めとるんと違うんか」

そんなことを言われても困る。

富岡さんが勝手に、柔道部のヨッさんとサッカー部の僕を、二年三組の幹部にした。その富岡さんも、同じ三年生のもっと怖い国元《くにもと》さんに、一年生と二年生を束ねる若衆頭《わかしゆがしら》を命じられていた。ヤクザの組織を真似ていても、みんな揃って坊主頭だ。巻き尺を持ってズボンの腿《もも》の径《わた》りと裾《すそ》の幅を計る生活指導の大野先生の往復ビンタを恐れて、ズボンはみんなストレートだ。精一杯カッコつけて詰襟のホックと胸ボタンもはずしても、そこから覗くのは夏服兼用の白い開襟シャツなのだ。

それでも、先輩はやっぱり怖い。「おまえらがおって、転校生になに横着なカッコさせとるんな」とすごまれると、うつむいて「すみません」としか言えない。

「しばけや、そげな奴」

「……すみません」

「カバチたれとったら痛い目に遭《あ》うど、いうて教えちゃらんかい、おうコラ」

「……すみません」

じゃったら自分でやれや——とは言えない。

「ほいでも、すぐ出て行く、言うとりましたけん」と言い訳したヨッさんは、すぐさま富岡さんに脛を蹴られてしまった。

「アホ、すぐ出て行くて、何月何日何時何分何秒に出て行くんな。言うてみい」

僕までついでに顎を小突《こづ》かれた。いつものことだ。というか、僕たちがときどき、一年生の幹部にやっていることでもある。

「彫刻刀持っとるんじゃてのう、その転校生」

「……はい」

「しばき甲斐があるがな、こんなら。たまには幹部の根性見せてくれえや」

のう、と富岡さんは笑って、僕にデコピンをした。

わかった。彫刻刀をいきなり出した話も、すでに三年生に伝わっているのだ。富岡さんは若衆頭としてケジメをつけなければいけない立場だが、彫刻刀も怖いので、僕とヨッさんにそれを押しつけているのだ。

先輩として、オトコとして、人間として、最低の奴だ。

だが、逆らえない。

「明日までにどげんかせえよ。ええの」

デコピンが鼻に来た。骨が折れたかと思うほど痛かった。ヨッさんも同じようにやられて、仕上げに二人まとめて腹を軽くグーで殴られた。

このクソボケ。いつも思う。なめんなよ。いつも喉元《のどもと》まで出かかっている。暴走族からスカウトが来ている国元さんはともかく、背の高さだけが取り柄の富岡さんなら、一対一でやれば、たぶん負けない。ヨッさんだってそう思っているだろう。そのあとのゴタゴタさえ考えなければ、いますぐにでもしばき倒してやってもいいのに。

殴られた腹を手で押さえてかがみ込みながら、ヨッさんをちらりと見た。ヨッさんは腹ではなく鼻を押さえていた。その指と指の間から、赤い血が見えた。指ではじかれたときに鼻血が出てしまったのだ。

富岡さんも一瞬びっくりしたが、知らん知らん、わしは知らんけん、と顔をそむけて歩きだそうとした。

そこに、教室からダテくんが出てきた。セキタンを子分のように引き連れてトイレに向かうところだった。

富岡さんはあわてて僕を振り向き、「松本、なにしよるんな、早《はよ》うしばけや」と言った。目の前におるんじゃけえ自分でやりゃあええがな——と思うだけムダだ。すでに富岡さんは三年生の仲間のもとに駆け戻って、「早うせえ、早うせえ」と小声でせかすだけだった。

ダテくんが振り向いた。

ボンタンのポケットに入れた両手をピンと張って、径りの太さを強調しながら、僕に「よお、学校の便所も汲み取りか？」と声をかけてくる。

「……学校は水洗じゃ」

二重になった悔しさを押し殺して言った。

セキタンは「ちゅうても浄化槽じゃけどの」と陽気な声で付け加えて、忘れていた「だぜ」も添えた。ほんとうにバカで単純で……やっぱり、セキタンの前でダテくんをしばいておいたほうがいいか、という気になった。

ところが、その前に、ダテくんが富岡さんたちに気づいて、「おい、そこのヒョロいの」と言った。「おまえ、さっきからなにオレにガンつけてんのよ。なんか文句あるわけ？」

思いがけない展開だった。うれしい誤算というやつでもあった。

さすがの富岡さんも、この状況では逃げるわけにはいかない。

「横着じゃのう……」

声を震わせながらも、唯一の強みの背丈をことさら強調するように胸を張り、顎を突き出して、ダテくんの前に立った。

だが、ダテくんはひるむどころか自ら一歩前に出て、距離をグッと詰めて、「おまえ、誰？」と訊《き》いた。

「……三年じゃ」

「名前訊いてんだよ、バーカ」

学年の壁を軽々と飛び越えた一言とともに、ダテくんの頭突きが富岡さんの顎を直撃した。

ふぎゃっ！　とひしゃげた悲鳴をあげて、富岡さんはよろよろとあとずさった。膝が崩れ、顔がガクンと落ちたところに、ダテくんが素速くズボンから抜き取った白いエナメルベルトがムチのようにしなって、頬《ほお》を打ちすえた。

ほんの三秒。いや、二秒。

よく考えれば不意打ちに武器というひきょうな手口だったが、勝ちは勝ちだ。

ぶっ倒れた富岡さんを抱えて逃げ去る三年生たちが「わりゃ、覚えとけえよ！」「このままじゃすまさんけえの！」と捨て台詞《ぜりふ》を吐き、それをダテくんが鼻で笑って見送る光景は、まるで学園青春熱血ドラマみたいだった。

セキタンは感動のあまり、もはや声も出せずにダテくんを見つめる。オトコでもその気になれば瞳に星が光るのだと初めて知った。

もっともダテくん本人は平然とした顔で、「しょんべん行こうぜ」と言う。「しょんべん」は標準語も方言も同じ——それだけのことが、いまは、ちょっとうれしい。

「マッちゃんも行かん？」

セキタンに誘われた。

おう、とうなずきそうになるのをオトコの意地でこらえて、首を横に振った。

ダテくんは最初から僕が断るのがわかっていたみたいに、黙ってさっさと歩きだした。

最初の一歩を踏み出すとき——膝が小刻みに震えていたように、見えた。

3

富岡さんを二秒で倒したダテくんは、昼休みのうちに二年生男子の英雄になった。ダテくんのまわりには再びみんなが群れ集まるようになって、ダテくんの語るケンカ伝説の数々に聞き入った。

チェーンやメリケンサックを持った奴らともケンカをしてきたらしい。暴走族にさらわれた同級生の女子を助け出したこともあるし、同級生を不良グループから抜けさせるために一人でグループのたまり場に乗り込み、あえて無抵抗で袋叩きになったこともある。

どうも、みんなが盛り上がるにつれて話がどんどん大げさになっているような気がした。ヤクザが放し飼いしているドーベルマンと決闘をしたこともある、と言いだしたときには、さすがにみんなも「ほんまかあ？」と言いたそうな顔になった。だが、嘘か事実かを確かめるすべはない。流れ者の過去は、誰も知ることができないのだ。

そして、流れ者の未来は——。

「今月いっぱいだ」

ダテくんはきっぱりと言った。月末まではあと一週間。わざわざ転入と転出の手続きをとるよりも休んでいたほうが話が早いんじゃないか、というほどの短さだった。

「オレにとっても新記録だけど、こんな田舎に長くいてもしょうがないしな」

めちゃくちゃな言われようだったが、セキタンは「ダテくんがおったら、三年生から守ってもらえるのにのう、だぜ」と泣きだしそうな顔で言った。

「バカ、オレみたいな流れ者に頼るところが田舎者なんだよ。自分のことは自分で守れよ」

「ほいでも……だぜ」

「弱かったぜ、あの三年生。オレに言わせりゃ、いままであんな奴をイバらせてたことのほうが不思議だよ」

鼻にティッシュを詰めたヨッさんを見て、へへん、と笑う。オレにも目をやって、どうだ、と笑う。

悔しい。僕やヨッさんだって、一週間で転校するのなら、しばいたあとのゴタゴタなんて考えずにすむのに。やりたい放題やって、そのまま逃げてしまえるのなら、怖いものなんてなにもないのに。

三日たった。

金曜日——月末の月曜日までは、あと四日。半ドンの土曜日と日曜日を除《の》けると、実質的には二日半。すでに折り返し点は過ぎてしまった。

先輩たちの動きはない。

すぐさま仕返しに来るだろうと思っていたが、ヨッさんが柔道部の先輩を通じて聞き出したところによると、「どうせ来週にはおらんようになるんなら、ほっとけや」となったのだという。

富岡さんは国元さんたちに「あの転校生、ナイフを持っとったんじゃ」と伝えていた。「わしには見えたんよ、ナイフが手元でキラッと光っとるんが、わしにだけは見えたんよ。危ないところじゃった。とっさに身をかわして顎に頭突きをくろうたけど、そげんせんかったら腹を刺されとるところじゃったんど」

つまらない嘘だ。情けない見栄だ。だが、富岡さんの立場もわからないではない。「後輩に二秒でしばき倒されたオトコ」という汚名を背負ったまま、地元であと何年も生きていくわけにはいかないのだ。

それを聞いた国元さんは、無理をしないことに決めた。勝てそうな相手にはカサにかかってとことんやるが、なにをしてくるかわからない相手のときは、ヤバい勝負には出ない。田舎町の不良中学生は、家内安全、無病息災がいちばんなのだ。

もちろん、このまま黙って見逃しておくだけでは三年生のカッコがつかない。

金曜日の昼休み、国元さんは僕とヨッさんを体育館の裏に呼び出して、唾を足元に何度も吐きながら言った。

「アレが転校する前に、いっぺん勝負しとけ、おまえら」

また、これだ。

「ええの、二年三組のメンツがかかっとるんじゃけえ、幹部の根性見せたれよ」

わかったか、と頭を一発ずつはたかれた。

負けたらどないなるかわかっとるじゃろうの、とケツも蹴られた。

そげなもん知るかい——言いたくても言えない。好き勝手に命令される悔しさよりも、その悔しさをぶつけられないことのほうが悔しい。

国元さんのズボンは、裾がキュッとすぼまっている。一見、ボンタンだ。だが、よく見ると、それはただ裾を安全ピンで留めて細くしているだけなのだ。大野先生が巻き尺を持って来たら、すぐさま安全ピンをはずしてストレートに戻すわけだ。

安全ピンでボンタンのふりをするカッコ悪さ以上に、それが死ぬほどカッコ悪いんだというのに気づいていないカッコ悪さに、どうしてこのアホ先輩は気づかないんだろう……頭がこんがらかりそうになってしまう。

「かなわんのう」「やれんちゃのう」とヨッさんと二人でぶつくさ言いながら教室に戻ると、ダテくんが机の上に座って、いつものようにセキタンを相手に流れ者のロマンを語っていた。

「来週には、また次の町だぜ」

何度言えば気がすむのだ、こいつは。

セキタンもセキタンだ。「夜汽車に乗って行くんじゃろ？」と、昨日も聞いたことをいちいち繰り返して、「夜汽車だと窓に映る自分の顔と話ができるからな」とダテくんをいっそう上機嫌にさせる。

ダテくんは三年生が手出しをしないのをいいことに、好き勝手にやっている。今日は背広にダボシャツにチョッパーのサングラスまでかけて学校に来た。

「わし、見送りに行くけん、だぜ」

「やめときな」

「なしてや、だぜ」

「見送るのも見送られるのも好きじゃねえんだ、オレ」

ダテくんはそう言って、サングラスのブリッジを指でグッと押して、鼻が低いせいでずり下がりそうになっていたサングラスを元に戻した。

さらに、チョキをつくった手を口にあてる。

「もともと、ここの温泉は、親父が兄弟子に無理に頼まれて来ただけだからな、未練もなにもありゃしねえよ。用がすめば、とっととおさらばだ」

すぼめた口から息をふうっと吐いて、チョキを口元から離す。

タバコをふかしている真似だ——とわかった瞬間、あまりのアホらしさにガクッと肩から力が抜けた。

「まあ、これも流れ者の宿命だし、情が移らないうちに別れたほうがお互いのためってやつだな」

妙に聞こえよがしな声で言って、近くの席に集まっておしゃべりしていた女子のグループをちらっと見る。反応がないのを知ると、がっかりしてうつむいてしまう。流れ者だろうとなんだろうと、顔の悪い奴はモテない。アホもモテない。ウチのクラスの女子を、ちょっとだけ見直した。

　だが、そんなダテくんのアホさかげんが、セキタンにはわからない。だから、まるで漫才の相方みたいに「せっかく仲良うなったのにのう……」と途方に暮れた顔で言って、ダテくんをますます張り切らせてしまうのだ。

　ほんまに、このクソボケが――。

　ダテくんよりも、むしろセキタンのほうが腹立たしい。僕のことは放っておいてほしいのに、あいつは僕を見ると、いままでと変わらず「マッちゃん、マッちゃん」と声をかけてくる。

　いまも――。

「マッちゃん、マッちゃん、見てくれえや」

　制服の上着のボタンをぜんぶはずして、ズボンのベルトを得意そうに指差す。

　人工レザーの、いかにも安っぽくガキっぽいベルトだ。いつもの、見慣れたベルトでもある。

　だが、バックルが不自然な位置にある。体の左側――ほとんど真横。ベルトがゆるくて勝手に位置がずれたわけではなく、セキタンが自分でずらしたのだ。

「ヨコスカ・ベルトなんよ、だぜ」

「……はあ？」

「こげんしとると、ケンカのときにベルトをすぐに抜けるじゃろうが、だぜ」

セキタンは、時代劇の武士が刀を抜くときみたいに、右手を体の左側に回した。なるほど。確かにバックルが体の真ん中にあるよりも、そっちのほうが素速く、勢いをつけて、ベルトを抜ける。

「横須賀で流行っとるんじゃ、だぜ」

やはり、ヨコスカは横須賀だった。『港のヨーコ・ヨコハマ・ヨコスカ』の横須賀、『横須賀ストーリー』の横須賀、スカジャンの横須賀、ボンタンを腰穿きして、長めの裾を足首でたるませたスカマン——横須賀マンボの横須賀……県外に出ることもめったにない僕たちにとって、横須賀とは、伝説の不良の町だった。あまりにもスゴすぎて、実際にあるのかどうか定かではない、ガンダーラのような町だった。

「ダテくんに教えてもろうたんよ、だぜ」

ダテくんは面倒くさそうに「オレがいなくなったあと、三年生の仕返しが怖いって言うからさ」とセキタンに顎をしゃくった。

「もうだいじょうぶじゃ、だぜ」

セキタンはうれしそうに言って、「ダテくんは、五対一でケンカになったときも、このベルトで勝ったんじゃ」と、わがことのように胸を張った。

事実だろうが嘘だろうが、そこまで言われたらむしろ本人は照れるものなのに、ダテくんはセキタン以上にグッと胸を張り、張りすぎて机から仰向けに落ちそうになって、短い脚をばたばたさせる。アホか。体勢をなんとか立て直すと、またずり落ちそうになったサングラスを戻して、「まあ、向こうのケンカは命の取り合いだからな、やることは派手だよな」と、へへん、と笑う。アホだ。

いいかげんうんざりしたところに、セキタンが「マッちゃんもやってみんか？」と言いだしたので、もう我慢も限界だった。

一発しばいてやるか。

いや、でも、彫刻刀の逆襲はやっぱり怖い。そこは僕も、われながら悔しく情けないが、国元さんや富岡さんの後輩なのである。

代わりに、セコいアイデアが浮かんだ。

オトコとして最低のアイデアだったが、迷う間もなく口が動いた。

「セキタン」

「うん？」

「先輩は、わしらにはなんもせんよ」

「ほんま？」

「おう……本人を直接どげんかする、言うとりんさるけえ」

ダテくんは黙っていた。サングラスで目が隠れているので表情はわからない。むしろセキタンのほうがうろたえて、「ほんまか？　ほんまか？」と訊いてくる。

「放課後らしいど。わしらは関係ないけえ、早う帰ったほうがええ」

そう言って、さっきのダテくんの笑い方を真似て、へへん、と笑ってやった。

ダテくんも——へへん、と笑い返して、よっこらしょ、と面倒くさそうなしぐさで机から下りた。

「さーて、給食も食ったし、そろそろ帰ろうかなあ」

セキタンはまたもやうろたえて、「五時間目の授業は？」と訊く。「サボるん？」

「どうせ火曜日にはいなくなるんだから、授業受けたってしょうがないだろ」

「ほいじゃけど……」

「捨て猫がいるんだ」

「はあ？」

「雨の日に橋の下で鳴いてた。メシを食わせてやったらすっかりなつかれちゃってな。根無し草同士、心が惹《ひ》かれ合うのかもな。昼飯食わせてやらなきゃいけないから、オレ、帰るよ」

ちなみに、ダテくんが転校してきてから雨は一度も降っていない。

さらにちなみに、こういうときにもダテくんはひそかに女子の反応をうかがい、まったくの無反応に一瞬うつむいていた。

「おまえも来るか？」

声をかけられたセキタンは、うん、とうなずきそうになりながらも、その誘惑を断ち切るように、あわてて首を横に振った。

「いけんよ、ダテくん、授業サボったらいけんよ……だぜ」

ダテくんは、待ってました、というふうに大げさに肩をすくめた。

「縛られてるのは悲しいな……」

ぽつりと言う。出口に向かいながら、「木枯らしだけがオレのダチってわけさ」と口笛を吹いた。へただった。スースーと息の抜ける音がするだけだった。

逃げた。

間違いない。放課後のリンチにおびえて、そそくさと逃げたのだ、こいつは。

なによりの証拠に、裏門を見渡せる渡り廊下に先回りした僕は、ダテくんがダッシュで学校から駆け出していくのを見た。突っ走っていた。後ろを振り向くのさえおっかなそうに、ひたすら前を向いて全力疾走していた。

アホか、と笑ってやった。思ったとおり、ケンカ伝説は嘘っぱちだった。富岡さんを二秒で倒したのも、たまたま——だから、あのとき膝が震えていたのだろう。ケンカが弱いから最初に一発かまそうとして彫刻刀を出したのだろう。たまたまその相手がセキタンだったのでうまくいった、というだけなのだろう。

アホじゃ、アホじゃ、アホじゃ、とダテくんの背中が見えなくなるまで笑った。

だが、笑ったあとでふとため息をつくと、なんだか不思議と悲しくなった。

4

土曜日、ダテくんは学校を休んだ。

ヨッさんからいきさつを聞いたクラスの男子はみんなあきれ返って、「なんじゃ、あのアホ、口だけじゃったんかい」と笑った。「サギ師じゃのう」と言う奴もいたし、「親父が板前いうのも大嘘で、ほんまは風呂の三助《さんすけ》と違うんかい」と誰かが言ったときには、まわりの連中も大きくうなずいた。

化けの皮がはがれたのだ。流れ者の魔法は解けてしまったのだ。

だが、たとえ嘘がばれても、火曜日には、もうあいつはこの町にはいない。二度と会うことはない。僕たちがどんなにバカがアホがと悪口を言いつのっても、あいつは知らん顔をして、新しい町の新しい学校で、また同じような嘘をつき、ばれた頃にはまた別の町に行って……。

「あいつ、一生こげなふうにやっていくんじゃろうか」

誰かがぽつりと言うと、おしゃべりの輪の外から「寂しいもんじゃのう……」と「ええのう……」のつぶやきが同時に聞こえた。

みんなは振り向いて声の主を探したが、二つのつぶやきを誰と誰が口にしたのかはわからなかった。

ダテくんはかわいそうな奴なのだろうか。

それとも、うらやましい奴なのだろうか。

よくわからない。

ただ、僕たちは誰もダテくんにはなれないし、ダテくんも僕たちにはなれない。

話が途切れた。沈黙から逃げるように、クラスでいちばん冗談好きなオカぴーが、

「ほんまにイタチの最後っ屁じゃったのぅ」と、転校初日のセキタンの読み間違いにひっかけて言った。みんな、声をあげて笑った。やっと素直に笑いとばすことができた。

僕のついた嘘のおかげで、確かにみんなはダテくんの嘘を見破ることができた。

だが、僕の嘘は、意外なところでもう一つの嘘を生み出していた。

その日の部活のとき、三年生の神林《かんばやし》さんが教えてくれた。

「おう松本、吉富が一人で根性見せたんじゃてのぅ」

「はあ？」

「横着な転校生、吉富がしばいたんじゃろうが。泣かせて、土下座させたらしいがな。

ほいじゃけえ、もう転校生も恥ずかしゅうなって学校に来られんことになった、いうて」

ヨッさんはダテくんが逃げたのを自分の手柄にして、国元さんたちに伝えたのだ。国元さんたちは大喜びだったという。さすが吉富じゃ、来年はおまえの天下じゃ、と褒《ほ》めたたえられ、ジュースまでおごってもらったらしい。

「なにしよるんな、松本。柔道部にだけええカッコさせて、サッカー部の立場はどげんなるんか。おうコラ、吉富一人に任せてほっとくじゃて、おまえも情けないもんじゃ。おうコラ、サッカー部の恥さらしじゃがな」

罰として、居残りで三年生全員のスパイクを手入れさせられた。

言い訳はしなかった。文句もつけなかった。ヨッさんをかばったのでも許したのでもなく、ただ、もう、うんざりして、疲れてしまった。

縛られてるのは、悲しいな——。

ダテくんの言葉がよみがえる。

スパイクの手入れを終えて部室を出たときには、もう秋の陽はほとんど暮れ落ちていた。空よりも暗い色に染まった山なみが、町の四方を取り囲む。

見慣れた風景なのに、あらためて見回すと、ふさがっているんだ、と実感する。

高校に入ったら、昼間はここから出られる。志望校は西側の山を越えたところにある、もっと大きな町の県立高校だった。それでも、その町だって、盆地の底の広さが違うだけで、ふさがれていることに変わりはない。

大学は——都会に行く、絶対に。

たとえ高卒で就職することになっても、この町には残らない、なにがあっても。

両親も反対はしていない。ただ、親父は「若いうちは都会に出といたほうがええ」と言って、おふくろも「なにごとも経験じゃけんね」と言っている。

長男だ。きょうだいは妹だけだ。

歳をとったら、いずれはまたここに帰ってくることになるのだろうか。帰りたくなくても、帰らなければならなくなるのだろうか。

先のことはわからない。だからいまは考えたくない。

僕に想像できる未来は、月曜日の放課後——鼻くそをなすりつけておいたスパイクを神林さんが履くときの、胸のドキドキぐらいのものだった。

校門を出ると、上着だけ私服に着替えて自転車に乗ったセキタンがいた。僕が来るのを待っていたという。

「どげんしたんか」

「……ダテくんにプリント届けちゃろう思うて。帰りのホームルームのときに配ってもろうたがな、十二月の予定表」

「先生が持って行け言うたんか？」

「……言われとりゃせんけど」

あたりまえだ。今月いっぱいで転校してしまう奴に来月の予定表を渡しても意味がない。

だが、セキタンはこっそり一枚よぶんにもらっていた。ダテくんに持って行ってやるんだと最初から決めていた。それでいて、一人で行くのはちょっと怖いから、僕を付き合わせようとしているのだ。

「アレの家、知っとるんか？」

「『国際』の近所のアパートじゃ言うとった」

温泉宿でいちばん大きな旅館だ。国際観光グランドホテル——名前よりはずっと小さく、しょぼいのだが。

「番地は？」

「知らんけど、『国際』の近所を探したら見つかるじゃろ」

「夜になるど」

「ええがな、付き合うてくれえやあ」

頼む、頼む、と手を合わせて拝まれた。二人乗りの自転車は行きも帰りも自分が漕ぐから、とも言われた。

あげなアホのことはほっとけや、と言ってやるつもりだった。だが、ふと見ると、セキタンはいまも横須賀ベルトをしていた。よほど気に入ったのだろう。ダテくんが転校したあとも、一人で横須賀ベルトをつづけるつもりなのかもしれない。

まいったのう、と思わず笑った。

セキタンはきょとんとしたまま、へへっと笑い返して、僕に訊いてきた。

「ダテくん、月曜日も学校に来んのかのう」

「……たぶんの」

「月曜日に会えんかったら、もう、あとは一生会えんままになるんかのう」

「べつに会わんでもええがな」

わざとそっけなく言ってやると、セキタンは珍しく怒った目つきで僕を見て、「バイバイぐらいしたいがな」と言った。「一週間だけでも友だちやったんじゃけん」

「向こうはそげなこと思うとらんよ、流れ者なんじゃけん」

「思うとる」

「思うとらんて。セキタンのことやら、すぐに忘れて、おしまいじゃ」

「そげなことない！」

「嘘つきのホラ吹きじゃがな、あげな奴」

「嘘かどうか、まだわからん！」

セキタンはムキになって言い返し、ベルトのバックルに手をかけた。

「マッちゃんは知らんのじゃ、横須賀ベルト、ほんまに武器になるんじゃけえ」

ええか、見とけよ、見とけよ、とテニスのバックハンドのような手つきで、ベルトを勢いよく抜き取った。

その瞬間、ブチブチブチッと糸が切れる音が聞こえた。

ズボンのベルト通しが、端からぜんぶ切れてしまったのだ。

そして——ベルトのなくなったズボンは、すぽん、と足首まで落ちてしまった。

白いブリーフが見えた。妙に色白な太股もむき出しになった。

セキタンはあわてて前かがみになって、パンツの前を手で隠した。

「……最初のうちは難しいんじゃ」

泣きだしそうな顔で言った。

ダテくんのエナメルベルトとは違って、ベルトが太すぎた。兄貴のお下がりだというズボンも、ウエストがゆるすぎた。

アホ、と僕は苦笑して、自転車のカゴにカバンを放り込んだ。

「早う行って、早う帰るど」

「……マッちゃん、ええんか？」

「ええけん、早うベルトせえや」

ベルト通しが使いものにならなくなったので、ズボンにぐるっと巻きつけるしかない。ちょっと動くと、ベルトがずれて、すぐにまたズボンがずり落ちてしまう。

僕はため息をついて、自転車のサドルにまたがった。

「セキタン、後ろに乗れや」

「……すまんのう、すまんのう」

「どうでもええけど、おまえ、『だぜ』を忘れとるど」

「……あ」

「一生田舎者じゃ、言うことじゃの」

「うっかりしとった、だぜ」

知るかアホ、とペダルを思いきり踏み込んだ。

5

ダテくんが親父さんと住んでいるアパートは、六畳一間だった。それでもがらんとしているほど、部屋にはなにもなかった。

「病気のお父ちゃんと貧乏な家族」のコントみたいな裸電球の薄暗い光の下で、ダテくんはテレビを観ていた。古くて、小さくて、映りの悪い白黒テレビだった。しかも、料金箱までついている。

『国際』で昔使っていたテレビを借りているのだという。冷蔵庫も、瓶や缶の仕切りがある旅館用のやつ。

「どうせ一週間しかいないんだからっていっても、ケチくせえよな」

ダテくんは「だから田舎は嫌いだって言ってるんだよ」と笑って、畳にじかに置いていたカップ焼きそばの空き容器をどかして、僕たちの座る場所を空けてくれた。

いきなり訪ねた僕たちを、ダテくんは意外なほどあっさりと部屋に入れてくれたのだ。「なんだよ、びっくりさせるなよ」とぶつくさ怒ってはいたが、玄関のドアを開けて僕たちと向き合ったときには、一瞬だけ、うれしそうに笑ったようにも見えた。

「いつも、こげなアパートに住んどるん?」

ズボンがずり落ちないよう、ウエストを手で押さえたセキタンが訊いた。

「こんなの特別だよ」

ダテくんは、ふざけんな、という口調で答えた。

「ふつうはマンションだぜ、家具もちゃんと揃ってるし、メシだって旅館のまかないを食い放題なんだからな」

横浜にいた頃は、同じマンションに芸能人も住んでいたらしい。博多のマンションの床は大理石で、シロクマの毛皮の敷物もあったらしい。

ほんとうだろうか――と考えるまでもなく、大嘘だ。大ボラだ。セキタンでさえ、「すげえのう」とは言わなかった。

だが、ケンカ伝説とは違って、今度の嘘は聞いていても腹は立たなかった。ダテくんも、へへん、とは笑わなかった。

もう引っ越しの準備はすんでいる。部屋の隅に積んだ段ボール箱、五つ――六つめの箱に着替えを詰めたら、それで終わりだ。

「一週間だから、結局、箱も半分しか開けなかったぜ」

部屋には洋服ダンスもないし、戸棚もない。着替えや身の回りの小物を入れた箱が、タンスや戸棚の代わりだった。

「今度はどこに行くんか」

僕が訊くと、「京都」と言う。「和食の本場だから、親父も張り切ってるよ」

「親父さんは？」とセキタンが訊いた。

「仕事に決まってるだろ」

「土曜日も？」

「いちばん忙しいよ」

「日曜日も？」

「あのな、旅館には定休日がないんだよ。板前の仕事も年中無休なんだよ。おまけに助っ人を頼むぐらいなんだから、人手が足りずに困ってるんだよ。ウチの親父、この半年、引っ越しの日も休んだことないんだぜ」

晩メシはいつも一人で食べる。一人で布団を敷いて、一人で眠って、朝は親父さんを起こさないように一人で起きて、学校に行って、帰ってくるときには、もう親父さんは仕事に出かけている。

「寂しゅうないん?」

セキタンがよけいなことを訊いた。

ダテくんは聞こえなかったふりをして、テレビのチャンネルをガチャガチャと回した。

僕も黙って、段ボール箱から足元の畳に目を移した。

よけいなものを見つけてしまった。まだ封をしていない着替え用の箱の中に、写真立てが入っていた。お父さんとお母さんと、幼稚園ぐらいの男の子が並んだ写真だった。

僕と入れ替わるように箱にふと目をやったダテくんも、写真立てが覗いていることに気づいたようだった。ヤべえっ、というふうに目が泳いだが、いまさら手を伸ばして隠すわけにもいかない。

だが、このままだとセキタンもいずれ気づくだろう。気づいたら、また、よけいなことをダテくんに訊いてしまうだろう。

ダテくんのため——というより、そんな場面を見たくない自分自身のために、僕は言った。

「おっ、屁が出る、屁が出る……出る、出る、出る……」

あぐらをかいたまま体を傾けて、ケツを畳から浮かせて、無理やり、万が一にも中身が出ないように気をつけて、一発、こいた。

しょぼくれた音の屁が出た。

そのまま体のバランスを崩して横向きに、段ボール箱のほうに倒れ込み、起き上がるしぐさに紛らせて、写真立ての入っていた段ボール箱の蓋を閉じた。

「臭えーっ、毒ガスーッ」

鼻をつまんで笑うセキタンの頭を「アホ、音の出る屁は臭《くそ》うねえんじゃ」と軽くはたいてやった。

ダテくんも「そうだよ」と笑う。「ぜーんぜん臭くねえよ、バーカ、田舎者」

目が合った。ダテくんの口が、小さく、素速く、サンキュー、と動いたように見えたが、気のせいかもしれない。

「おおーっ、ダテくんとマッちゃん、仲良しじゃがな、気が合うがな、親友じゃがな」

セキタンは口をとがらせて言って、「ほいじゃけど」とつづけた。「わしもマッちゃんとダテくんの親友じゃけん、だぜ」

ダテくんは僕たちをアパートの外の通りまで送ってくれた。

「のう、ダテくん……月曜日も休むんか？」

セキタンが言った。あいかわらずズボンのウエストを手でギュッとつまんで。

ダテくんは少し間をおいて、「どうせあと一日なんだから、行ってもしょうがないだろ」と言った。

「そげなことない」

「なんでだよ」

「あと一日なんじゃけん、来ればええがな」

「だから、意味ないって言ってるだろ」

「最後なんじゃけん……もっと一緒に遊びたいんじゃ。一週間しかおらんのじゃけん……一日一日が大事じゃがな」

ダテくんは黙って、すっかり暗くなった空を見上げた。

「三年生が怖いん？」

こういうことを訊くから、セキタンは困るのだ。

黙ったままのダテくんに、セキタンはつづけて言った。

「だいじょうぶじゃ、わしとマッちゃんも一緒にケンカするけん。三人おったら、一日ぐらいじゃったらなんとかなる」

セキタンは、ほんとうに、まったく、困った奴なのだ。

「のう、マッちゃん」と顔を覗き込まれた。自分でもおっかなびっくりなのだろう、頼むど、頼むど、断らんでくれえよ、と祈っているのがわかる。

このアホたれ、ボケ、死ね……。

心の中で怒鳴り散らして、必死に理屈を組み立てた。

月曜日にダテくんが来れば、ヨッさんの嘘がばれる。こっちもダテくんの巻き添えで国元さんたちにしばかれるかもしれないが、ヨッさんだって無傷ではすまない。いや、嘘をついたぶん、あいつのほうが先にやられるだろう。サッカー部の面目を保った神林さんあたりがうまくとりなしてくれれば、あんがい、僕は助かるかもしれない。スパイクになすりつけた鼻くそにさえ気づかれなければ……。

よし、と僕はうなずいた。

「やっちゃる」と言った。

「うおっしゃーっ！」

セキタンは両手でガッツポーズをつくった。ズボンがまた、足首まで落ちた。色白の太股は、夜の暗がりで見ると、またひときわブキミだった。

そんなわけで、月曜日の昼休み——僕たち三人は体育館の裏にいる。

壁際には、一足先に国元さんたちにしばかれたヨッさんが、青アザのできた頰を押さえてへたり込んでいる。

ヨッさんだけがしばかれるという都合のいい展開には、やはり、ならなかった。

それでも、あいつ、途中でカッとなって逆襲したのだ。「ええかげんにせえや!」と組みついていって、富岡さんに背負い投げをくらわせた。三年生の中でいちばん弱い奴を狙うあたり、ヨッさんもセコい。だが、気持ちはわかる。逆襲したせいでもっとしばかれたし、明日からもなにかとヤバい毎日はつづくだろう。それがわかっていても、しばかれっぱなしではいられなかった。意外とやるのう、とヨッさんのことを見直した。

あのつまらない嘘も特別に許してやろう、という気にもなった。

いつか、ヨッさんと二人でコンビを組んで三年生と決闘する日が来るかもしれない。

そのときには、泣こうがわめこうが、セキタンだって巻き添えだ。

「なにがおかしいんか」

国元さんににらまれて、僕はあわてて頰を引き締めた。

「今年の二年は横着じゃのう、ほんまに」

黙ってうつむいた。だが、「すみません」は言わなかった。

教室から呼び出されたときに、「わし、絶対に謝らんけんの」とセキタンに言った。

「謝るまでは負けと違うけん」とダテくんにも言った。

セキタンは早くも半べその顔になって「無理すんなや、無理すんなや」と言っていた。だが、無理をしているのはセキタンのほうだ。呼び出されてもいないのに一緒に来るようなアホなのだ、こいつは。

友情――？

違う、横須賀ベルトの威力を確かめたいだけなのだろう――ということにしておいた。

「ニヤニヤ笑うな、言うとろうが！」

怒鳴られた。

僕は頰が勝手にゆるまないよう、唇をキュッと嚙みしめた。「すみません」は言わない。絶対に言わない。田舎者の根性を、ダテくんに見せてやる。

ダテくんも根性を見せてくれたのだ。少しはおとなしい格好で来るだろうかと思っていたら、逆に、とんでもないスタイルで登校してきたのだ。

背中に極彩色の龍がプリントされた黒いサテンのジャンパーに、迷彩柄のニッカボッカー、足元は地下足袋《じかたび》――当然ながら、女子からは一瞥《いちべつ》もされなかったのだが。

リーゼントのトサカも、いままで以上にとんがって、ポマードを塗りたくってテカっている。

それがダテくんのオトコの意地だった。たとえ膝が震えていても、顔が青ざめていても、体育館の裏に着くまでにトイレに二度も行っても……ダテくんは、オトコだ。

三年生は五人がかりで僕たちを小突きはじめた。渾身の力を込めたパンチ一発で決めるのではなく、だらだらと、じわじわと、しばいていく。それが三年生のやり口だ。この町のうっとうしさだ。

「なめんなよ！」

ダテくんが怒鳴った。

そうか、「なめんなよ」は標準語も方言も同じなんだ、と気づくと、あらためて気合が入った。

「なめんなよ！」

僕も怒鳴った。

よけいなことをせずに黙って早く倒れろ、と言っておいたセキタンまで、負けじと怒鳴った。

「なめんなよ！　だぜ！」

そして僕たちは、それぞれの横須賀ベルトに手をかける。

右手を左の腰に付けた格好に、国元さんたちは「なんじゃ、そりゃあ」と笑った。

「知らんのか、ボケ！」

「田舎者！」

「横須賀ベルトじゃ！　だぜ！」

ベルトを抜き取った。

三匹の龍が、秋の空に躍った。

でぃくしょなりぃ

1

誰が最初に言い出したのかは知らない。野球部の先輩に訊いてみると、「なんじゃそれ、アホか」と笑われたので、代々受け継《つ》がれているというわけでもないのだろう。流行語だ。

本州の西端近くの小さな田舎町——町に一校しかない中学校の、二年生だけに通じる言葉だった。五月頃からぽつりぽつりと流行《はや》りはじめ、六月には一気に広がった。

男子も女子もつかう。じつは、そういう流行語は意外と珍しい。同じ頃に男子の仲間たちで言い交わしていた流行語には、ナバオがある。「ナバ」は方言でマツタケ。マツタケといえば雁《かり》が張ってもっこり。雁が張ってもっこりといえばナニである。アレである。ふだんはシメジのような中学二年生男子のナニも、ときとしてマツタケに変貌する。

る。その状態になった奴を指してナバオという。用例「おうおう、わりゃ、なに朝っぱらからナバオになっとるんな」——ガラの悪い町である。で、女子はナバオを知っているのかいないのか、少なくとも男子のいる前で「ねえねえ、あのひとナバオと違うん？」なんてことを言ったりはしない。そういうところの一線というか慎みは、ちゃんとあるわけだ。

しかし、その言葉は例外だった。男子も女子もつかう。男子同士、女子同士だけでなく、男子が女子に、女子が男子に、平気な顔をしてつかっている。

でぃくしょなりぃ。

語源というか、きっかけははっきりしている。英語の授業だ。「辞書」という単語だ。dictionary——ディクショナリィ。二年生全員が覚えさせられた。そして、二年生の誰かが——ほんとうに、まったくもって正体不明の誰かが、その言葉を、男と女が「デキている」にひっかけたのだ。

ヨシイくんとイケダさんが、でぃくしょなりぃ。ほんまほんま、あの二人、でぃくしょなりぃ、じゃけん。

タカハシ先輩とヨシムラさんも、先週でぃくしょなりぃになったんよ。タカハシ先輩がラブレター出して、でぃくしょなりぃ。

クロダ先生と保健室のミノヤ先生、じつのこと言うたら、でぃくしょなりぃなんど。

奥さんがおっても、でぃくしょなりぃなんじゃけん、かなわんのう、体育の時間にクロダのジャージ見てみい、いつもナバオになっとるわい。

それだけではない。

男子と女子がちょっと二人で話しているのを見かけただけで、通りすがりの奴らが言う。

「おうおう、おまえら、でぃくしょなりぃじゃのう！」

女子の場合なら、歌うように節をつけ、横目で笑いながら「でぃーくしょなりーぃ、うふふっ」である。

いったいなんだったのだろう、あれは。

三十年たって十四歳の自分を振り返ると、力の抜けたため息しか出てこない。

ばかだな。

まったく、ばかだったたな。

僕は「でぃくしょなりぃ」を言われるほうではなく、言うほうだった。一貫している。徹底している。一途《いちず》である。ほかの連中は「でぃくしょなりぃ」のカップルをからかうだけだが、僕は違う。怒りの「でぃくしょなりぃ」である。天誅《てんちゅう》の「でぃくしょなりぃ」なのである。

女子と話をしたらいけん。

そげなことをするんは、タラシじゃ――そうだ、「女たらし」のタラシもまた、男子だけの流行語だったのだ。

オトコっちゅうもんは、タラシになったらいけん。なんでいけんのか、ようわからんけど、いけんいうたら、いけんのじゃ。

なんで？

ちょっと黙ってろ、四十四歳のオレ。

オトコが命を賭けるものは、野球と、免許はなくてもバイクと、矢沢のエーちゃん。

そんな僕と志を同じくする仲間は、クラスに五人いた。

二年三組の誇る硬派な五人組である。

頭は坊主刈り、女子のおかっぱは肩まで、靴はズック、ラッパズボンは膝《ひざ》と裾《すそ》の幅の差が二センチ以内、女子はハイソックス禁止、ついでにスカートの下はブルマ着用のこと、町内会の「班」の外に出かけるときは制服制帽、自転車に乗るときはヘルメット……「昭和」の香りたちこめる厳しい校則の中、僕たち五人は「オトコは中途半端はいけん！」と髪を自ら五厘刈りにして、「オトコがズボンをひらひらさせてどげんするんな！」とタラシなラッパズボンではなく、裾のすぼまったボンタンを穿《は》き、「これもズックのうちじゃろうが！」と外でも踵《かかと》をつぶした体育館シューズを履いて……三年生の似たような連中に「こんなら横着じゃのう」としょっちゅうしばかれていたのだった。

僕たちは、自ら「五家宝連」を名乗っていた。「ごかぼうれん」と読む。原作・雁屋哲先生、漫画・池上遼一先生、『少年サンデー』好評連載中の『男組』である。父親殺しの流全次郎が関東少年刑務所時代に得た仲間たちである。神竜剛次率いる「神竜組」を相手に、手錠で両手をつながれたまま闘いつづける全次郎を支える硬派なナイスガイたちである。

われらは男なのだ。漢《おとこ》なのだ。侠《おとこ》なのだ。タラシになるわけにはいかない。「でぃくしょなりぃ」と侮蔑されるわけにはいかないのだ、なにがあっても。

ずっとあとになってから知った。

われわれ五家宝連には、本人の知らないところで別の異名もついていた。

女子が名付けた。

シンキゲキ——吉本の、松竹の、新喜劇である。

五家宝連が倒すべき相手は、まじめで爽《さわ》やかで、勉強もスポーツもそこそこ得意で、女子とも気軽に話ができる奴ら——要するにタラシである。

タラシの連中が女子と話しているところに出くわすと、いや、出くわさなくてもわざわざ近くまで行って、ガラの悪い仲間と一緒に、肩を揺すり、上目づかいになって、ドスを利《き》かせた声でからむ。

「おうおう、こらぁ、こんなん、えらい調子に乗って、でぃくしょなりぃ、じゃのう！」

休み時間や放課後、タラシが女子と話しているのを見かけたら、いや、見かけるというより、わざわざ探し出して、ダッシュ。剃り込みを入れた坊主頭なのに、リーゼントの髪があるふりをして、クシでひさしを整えるポーズをとりながらからむ。

「でぃーくしょーなりぃーっ、でぃーくしょーなりぃーっ、でぃーくしょーなりぃーっ、でぃーくしょーなりぃーっ……」

タラシに文句は言わせない。

言えば、しばく。

しばいたあとは、先生に言いつけられて、お釣りが来るぐらいしばかれるのはわかっていても、とにかくしばく。

ちなみに僕の得意技は、ジョリパンだった。ジョリジョリパンチ——略してジョリパン。略さなくてもワケがわからないか。

武器は頭である。五厘刈りの頭である。剃り忘れ一日目の無精髭を想像してもらえばいい。相手の胸ぐらをつかみ、顔を動かせないようにして、頭を頬に押しつける。こすりつける。左右に振るのも効果的。ジョリジョリジョリジョリ。痛いのだ、これが意外と。ジョリジョリジョリジョリ。タラシの柔肌はたちまち真っ赤に腫れる。ニキビがつぶれて血がにじむこともある。黄色く濁《にご》った膿《うみ》が出て、こっちの頭につくこともある。そうなると勝って喜んでいいのかどうかよくわからない。

それでも、とにかく、僕たちは執拗《しつよう》な「でぃくしょなりぃ」コールと、それに付随するもろもろの暴力とジョリパンで何人ものタラシを葬った。

そのたびに、タラシのそばにいる女子にあきれられ、嫌われ、軽蔑された。

かまわない。

女子など世界中に一人もいなくなったって、僕たちは元気に生きていける。

むろん、すでに僕たちは男がナバオになる原理を知っている。それを解消するにはナニをナニすればいいのだということも、よくわかっていて、実践もしている。

ただし、その実践にクラスの女子は介在しない。僕たちが妄想の中であんなことをしたりこんなことをしたりする相手は、皆さん、プロである。『GORO』『週刊プレイボーイ』『平凡パンチ』『近代映画』……お世話になった。出るところは出て、くびれるところはくびれて、開くところは開いて、隠すところは隠して、にっこり笑う彼女たちに比べると、本州の、西の端の、田舎町の、中学二年生の存在感など、スクールメイツにも劣《おと》る。

「あげなオナゴでなにができるいうんな、ナバもナメコになってしまうわい」

五人揃って言っていた。

「特に三組はいけん、ブスしかおらん。見るだけで目が腐《くさ》る」

本気で怒っていた。

「あげなブスと平気でしゃべれるタラシは男のクズじゃ」

おう、そうじゃ！ と満場一致だった。

「おっ、あそこにタラシがおるがな。一発しばいちゃろうで」

五家宝連は一致団結してタラシのもとへ走る。声を揃えて「おうおう、こんなら、でいくしょなりぃ、じゃのう！」とからむ。

タラシが顔を赤くして「違う違う、なに言うとるんな、アホなこと言うのやめてくれえやあ」と言い訳すると、五人でいっせいに指差して「ほんまじゃけんごまかすんど、ほんまじゃけんごまかしとるんどーっ」とからかう。タラシが怒って「ボケ、ええかげんにせえよ」と気色ばむと、こっちも負けずに「なんじゃとぉ？ こらぁ、横着なこと言うとったら、しばくどぉ」とすごんで詰め寄って、そんなことをしているうちにタラシと二人ででぃくしょなりぃだった女子はあきれてどこかに行ってしまい、われらシンキゲキはますます女子から嫌われてしまうのだった。

五家宝連——メンバーの名前をここで実名で出すと、なにかと差し障りがあるだろう。四十四歳のオレは個人情報の保護にはちょっとうるさい総務課長である。

漫画の中での五家宝連は、以下の五人である。その名前を使わせてもらう。

ヒデジロー、ゴロウ、ダイスケ、ショウイチ、ヒコゾウ。

僕はヒコゾウ。漫画の中ではＩＱ１８０を誇る天才詐欺師である。五人の中で唯一、県立の普通科高校に進んだのだから、それくらい名乗ってもバチは当たるまい。


そして話は、ヒコゾウが思いがけない窮地に立たされたところから始まる。

九月である。

夕暮れどきである。

野球部の練習を終えて部室からまっすぐ帰ろうとしたヒコゾウは、教室の机にコンパスと分度器を入れっぱなしだったことを思いだした。明日までの数学の宿題は、コンパスも分度器も必要になる。アホじゃの、ボケとるのう、とぶつくさ言いながら一人で校舎に戻り、下駄箱の蓋《ふた》を開けたら――手紙が入っていた。ピンク色の封筒だった。

〈ＤＥＡＲヒコゾウくん〉

丸っこい字で書いてあった。便箋も封筒とお揃いのピンクで、縁が丸っこいギザギザになっていた。フリーハンドの横罫は、ところどころ、クルッと小さな輪っかもつくっていた。ワンポイントで描かれたウサギは片耳をぺこんと伏せて、大きな前歯を二本のぞかせて笑いながら「HELLO!」と挨拶していた。

女子だ。オンナの手紙だ。

〈ヒコゾウくんには、付き合っているひとORタイプなひとはいますか?〉

生まれて初めてもらったラブレターだった。

2

手紙に差出人の名前は書いていなかった。〈うお座・O型の女のコより〉――ヒントらしいものは、それだけだった。

アホか、と舌打ちして、便箋をていねいに畳み直した。四方を見回して誰もいないのを確かめ、それでも念のために「アホか」と声に出してつぶやいて、便箋をていねいに封筒の中に戻した。

「なめとるんか、ほんま、アホ違うか、ボケ、かなわんのう、かなわんのう……」

封筒を通学カバンにしまう。最初はジッパーのついたポケットにしたが、同じポケットには、おふくろが「あんたはおなかが弱いんじゃけん」と無理に持たせた正露丸も二粒、ビニール袋に入れて忍ばせてある。いけんいけん、においが移る。

すぐに封筒をポケットから出し、英語の教科書に挟み直した。

「まあ、どげんでもええんじゃけど、ほんま、どげんでもええんじゃけどのう……こげなもん、アホじゃけん、ほんま、アホなんじゃけん、アホはアホでもクソボケじゃけん……」

歌うように言って、ほんまほんまほんま、と何度もうなずきながら、外に出た。コンパスと分度器のことは、すっかり忘れてしまった。

手紙は、ごく短いものだった。

〈ifヒコゾウくんがfreeだったら、付き合ってください〉

ください、と言われても。

付き合っているひとや好きなひとはいますか、と訊かれても。

だからどうしろ、とはなにも書いていない。返事のしようがない。

うお座・O型――クラス名簿には誕生日も血液型も載《の》っていない。いや、そもそも、手紙の主が二年三組のオンナとは限らない。

家に帰ってから何度も読み返した。やはり丸っこい字に見覚えはない。どこかにこっそり名前が書いてあるんじゃないかと思って、便箋はもちろん封筒の内側まで透かして見たが、なにもない。

「かなわんのう……」

ヒコゾウは途方に暮れて、部屋の中をうろうろと歩き回った。蛍光灯の紐《ひも》の端のつまみを、何度もグーで叩いた。揺れる紐をスウェイバックでかわし、右に回り込んでワンツー、下にもぐり込んでフックとアッパーでワンツー、距離をとってとどめの右ストレート。

誰でも同じだ——と自分に言い聞かせた。ラブレターを書いたのが誰であろうと、付き合う気はない。ブスは嫌いだ。タラシは男の恥だ。

押し入れを開けた。畳んで積んである布団に頭をこすりつけた。高校に入ったらベッドを買ってもらう約束をしている。畳の上にじゅうたんも敷いてもらう。だが、襖《ふすま》ではなくドアを付けてほしいと言ったら、親父に「そげな金どこにあるんか」と叱られた。せめて色つきの砂を吹きつけたようなざらざらした壁だけはなんとかしてほしいと思っているが、「ポスターがすぐにはがれるんじゃ」とおふくろに文句を言ったら、「そげなもん貼らんでよろしい」と叱られた。早く家を出たい。一人暮らしをしたい。

布団に頭を押しつける。ジョリパンをすると、じつは頭がビミョーに気持ちよくなる。ジョリジョリジョリジョリジョリという音を聞いていると、頭の奥のなんともいえないむずがゆさが消えて、すうっとする。

無視じゃ、無視——。

あの手紙、放っておくことに決めた。

ラジカセからは矢沢のエーちゃんの歌が聞こえる。『アイ・ラヴ・ユー、ＯＫ』。いつもは「ええ歌じゃのう」と思うだけのその曲が、今日はフシギと胸をどきどきさせる。数学の宿題があることじたい、忘れてしまった。

翌日は朝から落ち着かなかった。

気にするな、気にするな、と自分に言い聞かせていても、つい女子のほうに目が行ってしまう。うお座・Ｏ型のカノジョはいまもこっそりオレを見ているかもしれない、と思うと、背筋がピンと伸びる。顔がキリッとひきしまる——ような気がする。

ほんとうは、登校するとき、ちょっと思っていたのだ。下駄箱の中に、ラブレター第二弾が入っているかもしれない。上履きしかないことを確かめても、上履きを外に出したあと、もう一度、探した。もしかしたら他の奴らに見られないよう天井にセロハンテープで貼っているかもしれない、とも思って、下から覗き込んでみた。なにもない。あたりまえじゃ、ボケ、あったら困るわい、助かったわい、おうよかったよかった、セーフ……。心の中でぶつくさ言いながら、休み時間になるたびに、ひょっとしたらラブレター第二弾がいま下駄箱に入れられたかもしれない、と思った。昼休みにグラウンドに出るとき、また下駄箱を開けた。なにもない。おーよかった、ラッキーラッキー、と笑って蓋を閉め、あっと気づいて、あわててまた蓋を開けた。蓋の内側に貼ってあるんじゃないかと思ったのだ。なにもない。とにかくなにもない。きれいさっぱりなにもない。なにもないったら、なにもない。いや待て、グラウンドで遊んでいる間が勝負なのかもしれない。いやいや待て、廊下のロッカーという可能性もある。いやいや待て待て、意外とブスは度胸があるから、机に直接、ということだってありうる。いやいやいや待て待て、ブスにかぎって友情があるから、ブス仲間がラブレターを預かって、オレに渡すタイミングを探っているのかもしれない。いやいやいや待て待て待て、そんなことを言うのなら、第二弾の前に第一弾の返事だろう。ブス仲間が渡り廊下とか階段の踊り場にオレを呼び出して、「勘違いせんといてね、ウチやないんよ、友だちなんよ、友だちの代わりに訊いとるだけなんよ」と言い訳しながら、「ヒコゾウくん、返事どげな感じなん？」と訊いてくるかもしれない。いやいやいやいや待て待て待て、友だちのふりをして、じつはそいつが本人かもしれない。誕生日を訊くか。血液型を訊くか。そんなことできるのか、オレに……。

一週間、なにもなかった。

「ヒコゾウ、おまえ、なんか最近調子悪いんと違うか？」

ショウイチに訊かれた。

放課後だった。校舎の裏庭だった。週番のダイスケに五家宝連みんなで付き合って、焼却炉でゴミ焼きをしていたときのことだ。

「ショウちゃんもそげん思うとった？」

ゴロウが言った。「こんなん、最近いつもきょろきょろしとるじゃろうが」――ヒコゾウを振り向いて、「しょんべん我慢しとるときみたいに落ち着かんし」と笑う。

「……そげなことあるかい」

「あと、物でもなくしたんか？」

「はあ？」

「こんなん、一日になんべんロッカー開けとるんな。べつに用もないのに、暇さえあればロッカー開けたり昇降口に行ったりしとるじゃろうが、おまえ」

胸がどきっとした。意外と鋭い。というより、こっちが無防備すぎた。

「なんぞ悩みがあるんじゃったら言うてみいや、相談に乗っちゃるけえ」

ヒデジローがゴミを焼却炉に放り込みながら言った。ゴロウやショウイチも「そうじゃそうじゃ」とうなずく。「一人で悩んどったらいけん、わしらに言うてみい」

言えるはずがない。

昼休みも、また五家宝連はタラシを撃墜した。「おうおう、でぃくしょなりぃ、じゃのう！」とからんで、特にヒコゾウがしつこくからんで、からんで、からんで、おとなしいタラシを泣かせてしまった。

「……受験のこと、考えとったんじゃ」

とりあえず言った。

だが、ダイスケが「アホ」と笑う。「ヒコゾウはなーんも考えんでも、Y高一本でよかろうが」

地区でいちばんレベルの高い学校である。確かにヒコゾウの成績なら、べつに悩む必要もなくY高を目指せばいいし、ことさら必死に受験勉強しなくても合格はほぼ間違いない。

「そげなヘタな嘘つくところが、どうも怪しいのう」

ショウイチが言う。残り三人も、ほんまじゃのう、とうなずく。

しくじった。一瞬後悔したが、いまさら別の嘘をつくわけにもいかず、もうええわ、と胸の片隅に小さくぽつんとあった夢を口にした。

「わしはY高には行かん」

「はあ？」――四人の声が重なり、ヒデジローはゴミ箱まで焼却炉に捨てそうになった。

「Y高に行かんと、わりゃ、どこに行くんな」

「下宿じゃ。東京か大阪か、どこでもええけど、都会の高校に行く」

灘、ラ・サール、麻布、開成、武蔵……思いつく進学校はいくつかあったが、どうせこいつらにはわからない。いちばんわかりやすいのは、やはり、高校野球だ。

「ＰＬ学園に行きたいんよ、わし」

「ヒコゾウが？」

「……おう」

「おまえ、野球部で補欠じゃろうが」

「軟式はわしには向かん。わしのようなタイプには硬式のほうが向いとるんじゃ。ＰＬ学園か東海大相模か作新学院に行ったら、一発でレギュラーじゃ」

アホか、と自分でも思う。ショウイチたちも「なにカバチたれとるんな」と、端《はな》からあきれ顔で笑う。

だが、一人暮らしをしたい、というのは本気なのだ。無理だとわかっていても本気なのだ。一人暮らしをしたら、酒を飲んで、煙草《たばこ》を吸って、エロ本もこそこそ隠さずに読んで……と想像しただけで、ナバオになりかけてしまう。

あまりにもワケのわからないことを言い出したおかげで、ヒコゾウの悩み問題はあっさり終わってしまった。もともと一つの話題をじっくり掘り下げていくのが苦手な連中なのである。

「来週から好かんのう……」

焼却炉の煙突からたちのぼる煙を見上げて、ダイスケがつまらなさそうに言った。

「来週て、なにがあるんな」

ヒコゾウが訊き返すと、もっと不機嫌な声で「ダンスじゃ」と言う。

ああそうか、とヒコゾウもうなずいた。

十月には運動会がある。二年生のフォークダンスは『オクラホマ・ミキサー』——その練習が来週から始まるのだ。

「去年は『マイム・マイム』じゃったけえ、よかったけどの……」

毎年一年生が踊る『マイム・マイム』はペアでくっつくダンスではなかった。ちなみに三年生の『コロブチカ』も、女子が男子のまわりを回ったり手を叩いたりと振り付けが派手なぶん、意外と接触は少ない。『オクラホマ・ミキサー』が——タラシにとってはいちばん楽しいダンスで、硬派の五家宝連にとっては地獄の責め苦なのである。

「わし、体育委員じゃけえ、ラッキー」

ゴロウが得意そうに胸を張る。二年三組は男子より女子の人数が少ないので、男子から何人か女子に回ることになる。女子に回れば、パートナーはすべて男子なので、タラシにならずにすむ。ゴロウは体育委員の特権で、その座をいちはやく予約しているのだ。

「ゴロちゃん、男子から何人女子に回るんな」とダイスケが訊いて、「そげなん簡単じゃがな」とヒデジローが笑う。「男子が二十一人で女子が十七人なんじゃけえ、四人じゃ」

アホである。

こういうときにこそヒコゾウの出番だ。

「二人じゃ。男子から二人回ったら、男子も女子も十九人になろうが」――いずれにしても灘やラ・サールといったレベルの話ではないのだが。

「二人いうたら、わしともう一人か」

ゴロウの言葉に、四人いっせいに「はいはいはいっ、わしわしわしっ」と手を挙げた。

「おう、ほいたら、これからの行動をよう見て決めさせてもらわんといけんのう」

悪党ヅラして笑うゴロウに、四人いっせいに蹴りが飛ぶ。ヒコゾウは蹴りに加えて必殺のジョリパンもお見舞いしてやった。

くだらない。ガキっぽい。自分でも思う。中学二年生。十四歳。小学生の頃に見ていた中学二年生のあんちゃんは、もっとオトナだった。マンガに出てくる中学二年生も、もっとオトナで、もっとカッコよくて、女にモテているのにタラシではなくて……オレたちとは全然違う。それが悔しくて、寂しい。

ヒデジローもゴロウも、ダイスケもショウイチも、ほんとうはそう思っているのだ。だから、ヒコゾウと二人きりになったときには、意外とまじめな——親父とおふくろが離婚しそうだとか、家業の工務店を継ぎたくないとか、ナニの皮は何歳までにムケていないとヤバいのかとか、そんな話もする。だが、三人以上になるとだめだ。話題はあっというまにテレビとマンガと野球とエーちゃんの話になってしまい、笑うだけで時間が過ぎてしまう。

友だちとはお互いに刺激を与え合い、高め合うものなのです——。

まじめな本には書いてある。クラス担任のヤマザキ先生も、「中学時代にどげな友だちと付き合うとったんか、いうんが一生を決めるんど」と言う。

それを思うと、こいつら——だめだ。

もちろん、こいつら四人にとってのオレだって——だめだ。

「どげんしたんか、ヒコゾウ」

ショウイチが怪訝《けげん》そうに言った。「おまえ、ほんま最近おかしいのう」とダイスケがつづけ、「色気づいたんかあ?」とヒデジローが笑う。

ヒコゾウは「アホ」とため息をつき、夕暮れの空を見上げながら、言った。

「のう、おまえら……」

「うん?」

「青春いうたら、いつから始まるんかのう」

マンガやドラマなら、そろそろ始まっているはずなのだ。そして、それは、たいがいの場合、一人の女のコと恋人になることで始まったりするものなのだ。

しばらく間が空いたあと、ゴロウが「まだ先じゃろ」と言った。ヒデジローとダイスケとショウイチも、うんうんうん、とうなずいた。ゴロウは味方を得て安心したのか、「高校に入ってからのことよ、そげなムズカしい話は」とつづけ、「髪を坊主頭にしとるうちは青春やらありゃせんわい」と自分の五厘刈りの頭を軽くはたいた。

その一言にヒコゾウもフシギと納得して、しかし心の中でひそかに、タラシの奴らはもう青春始めとるん違うかのう……とつぶやいていたのだった。

とにかく、五家宝連は、中学二年生九月の時点ではまだ青春を始めていなかった。子どもの日々である。

子どもたちには、言っていいことと悪いことの区別がつかない。青春まっただなかの男は心の中で自問自答をつづけるが、子どもは思ったことや聞いたことをなんでもかんでもあっさりしゃべってしまう。

翌朝、登校したヒコゾウは、クラスの話題の中心になっていた。

「ヒコゾウ、おまえ家出するいうて、ほんまなんか」……。

四人がしゃべったのだ。しかも、かなり大げさに、デタラメも交えて。

その話は、女子にも伝わっていた。

うお座・O型のカノジョにも。

放課後、下駄箱にラブレター第二弾が入っていた。

〈ヒコゾウくん、なにがあったのかは知りませんが、家出はしないでください。ヒコゾウくんといっしょにY高に行けるのを信じています。Ｂｕｔ夢をかなえるための家出だったら、その夢をわたしにも教えてください。ヒコゾウくんの夢、知りたいです〉

その夜、ヒコゾウは押し入れの中の布団にジョリパンを延々と——頭痛がするまでつづけた。

青春、始まったたん違うか、オレ——。

困ったのう、面倒じゃのう、勉強と部活と青春、三つもいっぺんにできゃせんがな。

もしも本格的に青春になるのなら。

野球部を辞めよう、と決めた。

3

二通目のラブレターのおかげで、うお座・O型のカノジョの正体は、だいぶ絞り込むことができた。

Y高志望で、なおかつ、文面からすると、さほど背伸びをしてY高を目指しているというわけでもなさそうな女子――クラスで二、三人、多くても四人といったところだ。

土曜日の夜、勉強のできる順に名前を書き出してみた。最初の三人はあっさり決まり、あっさり「要らん要らん、こげなもん」と大きな×印で消すことができた。

問題は四人目である。候補の女子は三人、仮名A、B、C。とりあえず合計六人書き出しておけばよさそうなものだが、三人のうち仮名Aと仮名Bは、名前を書いただけでも呪いをかけられそうな、中学二年生の語彙《ごい》で言うなら手が腐りそうな女子だった。ヒコゾウは無意識のうちに言霊《ことだま》を信じているのである。

残るは仮名C。冷静に、公平に、平等に、成績順で考えるなら、CはやはりAやBには勝てない。文系の科目ならA、B、Cの順で、理系ならB、A、Cの順になるだろう。

それでも――。

大事なのは総合力じゃけん、と自分を説得した。得手不得手のある奴はいけん、本番で意外と弱いもんなんよ。おう、そうじゃそうじゃ。マラソンでも途中のうちからスパートしとったら最後にバテるじゃろうが。なるほどのう、ヒコちゃん、ええこと言うのう。いちばんええんは、そうじゃのう、トップから六番目におるぐらいよ。なるほど、六番目か。えーと、いち、にぃ、さん……六番目いうたら、こいつじゃ。うむ、こいつじゃ。べつに無理やり選んだわけとは違うけど、六番目じゃけえ、しょうがなかろうが。おう、そりゃあしょうがなかろう。たまたま六番目じゃったんよ。わかっとるわかっとる、たまたま、じゃ。かなわんのう、こげなんが六番目におったら。かなわんかなわん。ほいでも、まあ、決めたことじゃけん、いちおう名前書くか。そうじゃのう、書いとくか。書いてすぐに消しじゃあええんじゃけん。おう、そのために消しゴムがあるんじゃ。薄う書くど。わかっとる、点々で書いてもええど。よっしゃ、書くど、イヤイヤ書くど。しょうがないのう、オレもイヤイヤ読んじゃろうか……。

×印で抹殺された三ブスのなきがらの隣に、書いた。しかたないから、やむなく、涙を呑《の》んで書いた。

ヤマギワリョウコ――『男組』に出てくるヒロインの名前を借りることにする。神竜剛次のフィアンセである。雁屋・池上コンビの学園マンガでは高校生でも婚約者がいるのである。いいオンナなのである。

ヤマギワリョウコ。

ノートに書いた名前をじっと見つめた。

胸がドキドキしてくる。

もしかして、あの手紙はヤマギワリョウコから、なのだろうか。可能性はゼロではない。というより、最有力候補である。

いや、偶然いうか、たまたま当てはまるだけじゃ、驚いたのう、しかし——ヤマギワリョウコをこの場に引っ張り出すために自ら無理やりひねり出した屁理屈を、この男、きれいに忘れているのである。

そんなヒコゾウだから、確かに手紙の字はヤマギワリョウコの書きそうな字じゃけどのう、と彼女の字など覚えてもいないくせに、腕組みをしてうなずくのである。

もしもほんとうにヤマギワリョウコなら。

万が一の、奇跡の話で、ヤマギワリョウコなのだとしたら。

いやいやいやいや、偶然だ、たまたま条件をあてはめていくとヤマギワリョウコが残っただけだ。

しかし、その「偶然」や「たまたま」を、青春では「運命」と呼ぶのではないか——？

胸がさらに高鳴った。音が聞こえそうなほどドキドキしている。

フシギだった。女のことを考えているのに、ナバオにならない。胸がドキドキすればするほど、逆に、ナバはシメジになり、ナメコになって、エノキダケになってしまう。その夜も、ヒコゾウは押し入れに頭を突っ込んで、布団を相手にジョリパンをつづけた。

やがて布団の間に頭がすぽっと入った。目の前が真っ暗になり、息苦しくなった。ヤマギワさん。つぶやいた。オレも、ほんまは、前から、ヤマギワさんのこと……好いとったんじゃ……。

うひいいいっ、とうめくように叫んだ。

そうか、とわかったのだ。自分の真の心が。いままでは、そこまで思っていたわけではなかった。二年三組の中では、まあ、ヤマギワあたりまでがぎりぎり合格じゃの、というレベルだった。しかし、口に出したおかげで初めて気づいたのだ。ほんとうは、心の奥の奥の奥の奥で、彼女を愛していたのだと。

あがががっ、愛っ、愛っ、愛っ、と布団を噛《か》んだ。いても立ってもいられず、ドスドスと足踏みもした。畳の床が揺れる。襖やガラス窓が音をたてる。おふくろの温泉旅行の土産だったコケシが本棚の上から落ちた。

「ヒコゾウ！　やかましいど！」と親父に怒鳴られた。

週が明けた。月曜日の一時間目はホームルームだった。司会は総務委員のイサク——『男組』のカタキ役、神竜の相棒である。漢字で書けば威作。仮の名前はコワモテでも、二年三組でトップクラスのタラシである。ヒコゾウが特に嫌いな奴だった。イサクが女子の票を集めて二学期の総務委員になり、ヒコゾウが五家宝連の応援もむなしく一票差で敗れてからは、いっそう。

運動会の応援練習のこと、学区内に貼るポスターのこと、その他もろもろの話し合いや報告が終わって、「じゃあ、他になかったら、あとは先生から……」とイサクが教壇をヤマザキ先生に譲りかけたとき、ヒコゾウは勢いよく右手を挙げた。教室がどよめくなか席を立ち、「ちょっとイサク、そこどけや」と教壇に上った。

「三年生の応援団長から命令されたんじゃけど」——嘘だった。

「応援の参考にする、言うとりんさるけえ、ウチのクラスの血液型と星座を調べんといけんのじゃ」——大嘘だった。

当然ながら「なしてヒコゾウが頼まれたんな」「こんなん、運動会委員じゃなかろうが」と声があがる。時間をかけるわけにはいかない。疑惑の目が教室に広がらないうちに、急いで話を先に進めた。

「よっしゃ、ほんなら手ぇ挙げてくれや。はい、まず、おひつじ座のひとーっ」……。

あえて、うお座を最後に回した。途中の星座でヤマギワリョウコが手を挙げたら、その瞬間、夢は消える。

胸がドキドキする。

おひつじ座セーフ、おうし座セーフ、ふたご座セーフ、かに座セーフ……やぎ座あたりまで来ると、胸のドキドキはピークに達した。

やぎ座もセーフだった。残りは二つ。みずがめ座とうお座。みずがめ座でヤマギワリョウコが手を挙げたら終わる。確率は二分の一。そんなもの確率でもなんでもないのだが、とにかく二分の一。五分と五分。男の勝負である。

「みずがめ座のひとーっ……」

ヤマギワリョウコの手は挙がらなかった。

ヒコゾウは教卓の陰で、よしっ、と拳を握りしめた。うお座で手を挙げた女子はヤマギワリョウコだけ。さらに、よしっ。目がちらっと合った。熱いまなざしでこっちを見ているような、気が、した。

つづけて血液型も――ヤマギワリョウコは、O型のところで手を挙げた。

決まった。もう間違いない。

もはや事態がここに至ると、よしっ、という力み返った感激は湧かない。むしろ全身から空気が抜けてしまったような、足の裏がふわふわと床から浮き上がってしまったような、なんとも頼りない感慨に包まれてしまう。

でぃくしょなりぃ、じゃ。オレとリョウコはでぃくしょなりぃ、なんじゃ。

青春が始まった。

幻のメロディーが聞こえてくる。矢沢のエーちゃんの『アイ・ラヴ・ユー、OK』――まさにOKである。ラジカセから流れる歌声に合わせてさんざん歌ったこの曲を、初めて、ようやく、満を持して、心を込めて歌える日が訪れたのだ。いや、エーちゃんにかぎらない。かぐや姫だって拓郎だってイルカだってNSPだって甲斐バンドだってチューリップだってビートルズだってキッスだってベイシティローラーズだって、世界中のラブソングはすべて二人の歌なのだ。

青春の扉を開けて、ラララ、明日へ向かって二人で旅立とう、ルルル……なんだか、オリジナルの曲までできそうな勢いである。

4

午後の授業は五時間目と六時間目ぶち抜きで運動会の練習だった。いよいよフォークダンスである。『オクラホマ・ミキサー』である。女子のほうに回ったのはゴロウとシヨウイチ。ヒデジローとダイスケは「ええか、空気タッチど」「わかっとるわい、わしゃ、息せんけえ」とタラシにならないよう二人で誓い合っている。パートナーの女子と手をつないでいるように見せかけて、じつは指と指は離れている、というのが空気タッチである。

もちろん、ヒコゾウにそんな小細工は不要だった。女子のどこが不潔なんな、アホか、オナゴがおるけえ男は輝くんじゃろうが、と二人の頭をはたいてやりたい。おまえらも早うオトナにならんといけんど、と教え諭《さと》してやりたい。

女子が外側、男子が内側で、二重の輪になった。よし。リョウコは五番目のパートナーの位置にいる。踊り始めの緊張もほぐれ、しかしだらけるほどではない、最高のタイミングで手をつなげる。リョウコの肩に右手を回し、左手でリョウコの手を自分の胸元に引き寄せれば、顔と顔が並んでくっつくのだ。小声でしゃべっても聞こえる距離なのだ。いや、言葉で愛を語り合うだけでなく、その気になれば、くちびるとくちびるを……。

息が詰まる。胸がドキドキする。

「はい、じゃあスピーカーのチェックでーす」

体育のクロダ先生が言った。ラッパ型のスピーカーから『オクラホマ・ミキサー』のメロディーが流れてきた。持ち運び式のレコードプレーヤーの小さなスピーカーから拾った音は、ひび割れてひずみながら、秋空に広がっていく。

音楽がいったん止まる。最初のパートナーと手をつないでスタンバイするように、とクロダ先生が言った。

ヒコゾウの最初のパートナーは、土曜日の夜、最終予選でリョウコに負けた仮名Bだった。手が腐るので名前すら書かなかった女である。ふつうなら迷わず空気タッチだが、とにかくいまのヒコゾウは青春スタートダッシュなのだ。心は四人先のリョウコに向いたままなのだ。どげんでもええわい、こげな奴、と軽い気持ちで手をつないだ。

きゅっ、と握り返された。

思いのほか強い指の力に、なにしとんなボケ、ブス、と心の中で吐き捨てた。

仮名Bを『男組』から名付けるなら――題名どおりとにかく男だらけのマンガなので、名前の付いている女の登場人物はリョウコぐらいのものだ。しかたない。ここで主役の名前を出すしかない。

流全次郎――女子なのにゼンジロー。失礼な話だろうか。しかし主役である。光栄な話ではないか。

なにしろ、彼女は突然、ヒコゾウの青春物語・序章の主役に躍《おど》り出たのである。

音楽が始まり、踊り出して間もなく、ゼンジローは小声でヒコゾウに言ったのだ。

「ねえ……ウチの手紙、読んでくれた？」

ゼンジローは嘘つきだった。

さそり座・B型のくせに、ヒコゾウが手紙のことを他の連中にしゃべることを恐れて、正体を隠したのだ。だましたのだ。

「びっくりした？　まさかウチとは思わんかったやろ？」

うふふっ、と笑う。つないだ手をさらに強く握ってくる。

ヒコゾウは呆然としたまま、振り付けに従って前に踏み出す自分の足元を見つめ、足が後ろに引っ込んだあとの地面を見つめた。

「最初は友だちからでええけんね」

同級生だけでよかろうが――と言いたいのに、口が動かない。

「家出、嘘やと思うけど……そげなこと、せんといてよ」

いま、しとうなった――さっきまでとは全然違う意味で、胸がドキドキする。

付き合っている相手がいればいいのだ。片思いでも相手がいればいいのだ。そうすればゼンジローはあきらめてくれる。それが、そもそもの条件だったはずなのだ。

手をつないだまま、ゼンジローはヒコゾウのまわりを回る。その横顔をちらっと見たとき、あれ？　と思った。

思っていたほどには悪くない。手が腐るような顔ではなかった。

向き合った。パートナーチェンジまでは、あとわずか。正面から向き合うと、さすがにゼンジローも恥ずかしくなったのか、急にもじもじして、うつむいてしまった。そのしぐさも——意外と、そこそこ、まあまあ、それなりに、ちょっとだけ、フシギと、けっこう、わりと、かなり、すごく、よかった。

すまん、オレ好きなコがおるけん、とゼンジローに言いそびれた。パートナーチェンジを繰り返してヤマギワリョウコと組んで踊りはじめたら、好きなコがいるのかどうかも、よくわからなくなってきた。さっきまではあれほど光り輝いていたヤマギワリョウコが、いまはただの女子になってしまった。もうリョウコではない。ヤマギワさん。ヤマギワさんというひと。ヤマギワという苗字の同級生。二年三組の女子の一人。同じ学年のひと。同じ学校のひと。同じ町のひと。同じ郡のひと。同じ県のひと。同じニッポンにいるひと。どんどん遠くなる。最後は、宇宙にぽっかりと地球が浮かんだ。ヤマギワリョウコは、人類の一人になってしまった。

最初から最後まで、手は軽くつないだままだった。ヒコゾウは指に力を込めなかったし、ヤマギワリョウコもかたちだけ手を添えて、それ以上のことはなにもしてこなかった。

パートナーチェンジのとき、ヒコゾウはヤマギワリョウコから目をそらし、斜め横をちらりと見た。ヤマギワリョウコから後ろに数えて四人目——ゼンジローもこっちを見ていた。目が合うと、また恥ずかしそうに肩をすくめて、てへっ、と笑った。

いや、まあ、その、ちょっと待てや、おい、と笑い返してしまった。

おまえ、相手は誰でもええんか——。

自分で自分を責めた。そげなん、男のクズじゃろうが、と軽蔑した。

それでも、パートナーチェンジのたびに、一人ぶんずつ遠ざかりながら、ヒコゾウはゼンジローとまなざしを交わし合った。ゼンジローの照れ笑いに、少しずつ素直に笑い返せるようにもなってきた。

でぃくしょなりぃか、これ。

これが、でぃくしょなりぃ、なんか？

胸がドキドキしてきた。いままでいちばん激しいドキドキだった。


ふと気づくと、パートナーはゴロウになっていた。

「ヒコゾウ、なにをにやにや笑うとるんな」

「……べつに」

「なんかええことあったんか」

「……なんもないわい、ボケ」

男同士で『オクラホマ・ミキサー』を踊りながら、ヒコゾウはぽつりと言った。

「ゴロちゃん……青春、じゃのう」

「はあ？」

「安心せえ、友情は捨てんけん」

「いや、なんも心配しとらんけど」

「ほんまは心配せにゃいけんのじゃ、アホ」

「おまえ、ほんまにどげんしたんな、このまえからどうもおかしいど」

へへっ、とヒコゾウは笑う。「わしも、ようわからん」と首をかしげて笑う。

曲が終わった。

チャララーラ、チャッ、チャッ。とぼけたエンディングのフレーズに、べつに前もって決めていたわけでもないのに、ゴロウと同時にずっこけた。

ゴロウの隣にいた女子が、なにしよるん、あんたらほんまにシンキゲキやねえ、と冷たい目で二人を見た。

ヒコゾウの三人先にいたヒデジローがすばやく振り向いて、まだ手をつないだままのヒコゾウとゴロウを指差した。

「おうおーう、ヒコゾウとゴロちゃん、でぃくしょなりぃ！　でぃくしょなりぃ！　男と男で、でぃーくしょなりーぃ！」

さっきからこれを言いたくて言いたくてたまらなかったのだろう。曲が終わった直後のタイミングを狙っていたのだろう。

ゴロウはあわてて手を離し、足元の砂をすくって「ボケーッ」とヒデジローにぶつけた。ヒコゾウも笑いながら逃げるヒデジローをダッシュで捕まえ、ジョリパンをお見舞いした。

たいしておかしくなかったが、ジョリパンしながら笑った。大きな声をあげて笑いつづけた。声を張り上げて笑うと、なんだかフシギと泣きだしそうになってしまうことに、初めて気づいた。

春じゃったか？

1

二月の半ば過ぎに、ギュウちゃんの三回忌の知らせが届いた。封筒には、型どおりの挨拶や案内が記された便箋《びんせん》とは別に、かつての同級生に宛てた両親からの手紙が同封されていた。

早いもので、この三月で皆さんも高校を卒業し、それぞれの人生を歩みはじめることになります――と、あった。

よろしければ、中学時代の同窓会をするつもりでお越しください――遠慮がちな誘い方に、ギュウちゃんに苦労させられどおしだった両親の顔をひさしぶりに思いだした。

手紙はギュウちゃんの同級生全員に届いていた。おかげで、僕たちは受験シーズンのさなかにあっちこっちに電話をかけて、「どげんする？」「おまえが行くんじゃったら行くけど」「わしも同じ、おまえに合わせよう思うとった」「アホ、おまえが決めえや」「なに言うとるんな、おまえに合わせちゃる、言うとるんじゃ」……と相談する羽目になった。

ギュウちゃんは確かに同級生だった。

だが、友だちだったかどうかと言われると、答えるのにちょっと困ってしまう。

他のみんなも同じだった。ギュウちゃんが生きていた頃に、「ギュウちゃん、ギュウちゃん」と親しげに呼んでいたわけではない。あいつの目の前でそんな呼び方をしたら、間違いなく殴られる。「おうコラ、おまえら、いつからわしを『ちゃん』付けできるほど偉《えろ》うなったんな、なめんなよ」とスゴむ顔や声まで、くっきりと想像できる。

ギュウちゃんというのは「牛田」という苗字からとった。ほんとうは「ウシダ」と読む。「ギュウちゃん」は、本人のいないところでこっそり悪口を言うときの、コードネームというか、暗号というか、万が一あいつになにか言われたときに「ウシダくんの話と違うけん、わしらギュウちゃんいう奴の話をしとっただけじゃけん」と言い訳をするための保険のようなものだった。

同級生にも「くん」付けさせないと気がすまない奴だった。口癖は「おうコラ」と「なめんなよ」で、それはたいがい一発殴ったあとで捨て台詞《ぜりふ》のように出てくる。せめて順番を逆にしてくれれば、こっちにも謝ったり逃げだしたりする余裕ができるのだが、とにかくギュウちゃんは短気で怒りっぽくて、乱暴でケンカが強くて、頭が悪くて、性格はもっと悪くて、ガラはもっともっと悪くて、やることはもっともっともっと悪くて……中学を卒業するときには、なによりも、これでギュウちゃんに会わずにすむというのがうれしかった。

ギュウちゃんは高校には行かなかった。隣の市の職業訓練校に入って、そこを二週間だったか三週間だったかでやめたあとは、家にもほとんど帰らなくなって、「暴走族に入ったらしいのう」「いや、ヤクザらしいど」というウワサだけが僕たちの町に残った。

そんなギュウちゃんが死んだのは、二年前の三月だった。〈土木作業員の牛田純一《じゅんいち》さん（16）〉と新聞に出ていたときにはピンと来ないまま記事を読み流してしまったが、友だちからの電話で知った。

ビルの建設現場で足を滑らせ、基礎工事中の穴ぼこに落ちて死んだ。穴に落ちただけならよかったが、運の悪いことに、土台のコンクリートから顔を出していた太い鉄筋の真上に落ちた。要するに串刺しになったわけだ。刺さったのが手や脚だったら、まだ命は助かったかもしれない。だが、こういうのも運の悪さなのだろう、どてっ腹に刺さった。鉄筋の先が体を突き抜けてしまった。想像するだけで、こっちの腹や背中までむずむずしてきそうな、哀れでみじめで不格好な死に方だった。

葬式には同級生の誰も行かなかった。いつ、どこで、どんなふうに営まれたのかも知らない。去年の一周忌も同じ。両親からの連絡はなかったし、たとえ案内があっても、きっと誰も顔を出さなかっただろう。

悲しくなかった。

はっきり言う。ちっとも悲しくなかった。

親戚の年寄り以外で身近なひとが死んだのは初めてだったが、べつにショックを受けたわけでもないし、そもそもあいつが「身近なひと」に含まれるかどうかもよくわからない。

ギュウちゃんのことなんて、どうでもよかった。どうせ生きていても二度と会うことはなかったはずだし、死んだからといって、それで僕たちの毎日が変わるわけでもなかった。

僕だけではなく、友だちはみんなそうだった。最初のうちは、中学時代の同級生と顔を合わせると「ギュウちゃん死んだのう」「おう、死んでしもうたのう」ぐらいの言葉は交わしていたが、やがてそれもなくなってしまった。中学時代の友だちと会うことじたい減った。中学よりも高校のほうが毎日はずっと楽しかったし、忙しかった。昔の友だちと会って、昔の思い出を話している暇などなかったのだ、みんな。

だから、三回忌の案内が来なければ、きっと僕はギュウちゃんを思いだすこともなく高校を卒業していただろう。高校に通う前には中学時代があったんだ、ということさえ忘れたまま、大学進学のために上京していただろう。みんなも——ふるさとに残る奴も出て行く奴も、大学に行く奴も行かない奴も、似たようなものだったのだろう、誰に電話をかけても、誰から電話がかかってきても、「どげんする？」「おまえが行くんじゃったら、わしも行くけど」から先へは話がなかなか進んでいかなかった。

案内状によると、三回忌の法要は三月三十一日に営まれるらしい。翌朝東京に着いて、その足で大学の入学式に出るつもりだった。

僕はその日の夕方、寝台特急で上京することにしていた。ふるさとで過ごす最後の一日がギュウちゃんの法要——なんだか、あいつに最後の意地悪をされているような気分だった。

公園のベンチに座ってギターをチューニングしながら、ナベさんが訊《き》いた。

「ほいで、ヒロ、行くんか」

「まだ決めとらん……」

うんざりした顔で答えると、ナベさんは「線香ぐらいあげちゃれえや、供養《くよう》なんじゃけえ」とおっさんくさいことを言って、ギターを指で弾きおろした。コードはE、A、B7。途中からピックを使って、簡単なブルースで指慣らしをする。

「ひとが死ぬいうんは、やっぱり大きいことなんど。あたりまえじゃけど」

「わかっとるわい」

「死んだ者は、生きとる者に勇気をくれる。しっかり生きていかんといけん、いう気合も入れてくれる。わしもそうじゃった。ジョンに勇気とやる気をもろうた」

ギターのコード進行が変わる。リズムが三連符になる。ジョン・レノンの『スターティング・オーヴァー』——英語の歌詞はでたらめで、途中からはハミングになってしまったが、歌もギターも悪くはない。

もともとは吉田拓郎やかぐや姫が大好きな奴だ。フォークギターとハーモニカの弾き語りで、放っておけば何十曲でも歌いまくる。

高校の文化祭では、ディープ・パープルやレッド・ツェッペリンをコピーするハードロックのバンドが人気だったが、ナベさんは弾き語りスタイルにこだわっていた。僕たちが「ギター一本じゃと地味すぎようが」と言っても、「アホ、ほんまの歌ゴコロは、手拍子だけでも伝わるんじゃ」と譲らない。

もっとも、「ほなら、人前で歌わんと伝わらんがな」と言うと、急にひるんでしまう。どんなにレパートリーを増やしても、ライブ経験はゼロ。四畳半の自分の部屋でしか歌わない。よほど仲のいい奴らの前でないと歌わない。そのときもたいがい途中で「なんちゅうてのう、まあ、こげな感じじゃ」と照れてギターを弾く手を止めてしまう。極端な恥ずかしがり屋なのだ。

そんなナベさんが、去年の暮れから公園で歌うようになった。

一九八〇年十二月八日——ジョン・レノンが射殺されたのがきっかけだった。もっと正確に言うなら、ジョンの死を悲しむファンが路上でロウソクを灯《とも》して『イマジン』を合唱している様子をテレビのニュースで観て、深く感動したのだ。

思わずギターを持って家を飛び出した。夜中の田舎道を自転車で飛ばし、公園で歌った。誰も聴いていなくても、寒さに指がかじかんでも、夜空に向かって歌いつづけた。

それ以来、孤高の四畳半シンガーは、ストリートミュージシャンになった。

ただし、人通りのあるところでは決して歌わない。公園に出かけても、ブランコで子どもが遊んでいたり犬を散歩させるひとがいたりしたら、本日のライブは中止。まったくもって面倒くさい性格なのだ。

それでも、本人は「ジョン・レノンがわしに勇気をくれたんよ」と真顔で言う。「ナベの歌を聴かせてくれえ、空の上で聴いとるけんのう、ええ歌を聴かせて、わしを成仏させてくれえ……言うて、ジョンの声が聞こえるんよ」

ジョン・レノンは仏教徒ではなかったはずだし、こんな田舎くさい方言をつかうとも思えない。受験勉強が追い込みに入ったプレッシャーから逃げているだけなんじゃないかという気がしたが、もちろん、それを口に出すほど僕も意地悪な男ではない。

ナベさんは『スターティング・オーヴァー』をハミングで最後まで歌って、幻の聴衆に向かって頭を深々と下げた。途中で照れて歌を止めなくなっただけでも大きな進歩だ。

「えー、どうも、サンキュー、あー、ジョン・レノンへの友情を込めて歌いました……」

幻の聴衆相手なら曲の合間のトークもなめらかで、いつのまにかジョンと友だち付合いまでしている。内気なのかずうずうしいのか、よくわからない。

ただ、高校に入って真っ先に仲良くなったナベさんともうすぐお別れなんだな、と思うと、あきれて笑う前に、なんだか妙にしんみりとしてしまう。

ギュウちゃんとは違う。

ナベさんは僕の「友だち」だ。胸を張って言える。これからも、ずっとそう言いつづけられるだろう。

「ナベ」

「うん?」

「ナベなら……法事、行くか?」

「暇じゃったらの。どうせヒロもその日は暇なんじゃろ? 家でうだうだしとってもしようがなかろうが。中学の頃の連れも集まるんじゃったら、同窓会気分で行きゃええがな」

「ギュウちゃんの親もそげん言うとった」

「じゃろ？　向こうの親も寂しいんよ。死んだ息子の代わりいうわけやないけど、同級生のみんながどげん大きゅうなったか、いっぺんぐらいは集まったところを見てみたいんよ。そげん思うたら、法事に顔を出しちゃるんも思いやりのうちじゃろうが」

それはそうなのだ、確かに。

そこまでの理屈は僕にもわかる。

だが、その先に、なにか目に見えない壁が立ちはだかっているような気がする。高くて、分厚くて、固くて、気づかずにぶつかると思いっきり痛い目に遭いそうな壁だ。

「悲しゅうないんよ」

僕はぽつりと言った。いまのは弱音や泣き言みたいだったなと気づいて、顔を上げ、春めいた青空を見上げて、わざとのんびりと「なーんも悲しゅうない……」とつづけた。

「ギュウちゃんいう奴が死んだときもか？」

「おう。びっくりしただけじゃ」

わしだけと違うど、中学の頃の連れはみんなそうじゃ、と付け加えた。

「そげん嫌われ者じゃったんか、そいつ」

「こんなんも同じ中学じゃったら、絶対に嫌《きろ》うとるわい」

とにかく乱暴で、凶暴で、意地が悪くて、嘘つきで、卑怯者で、ずるがしこくて、ただの暇つぶしに平気でひとの顔面をグーで殴るような奴で、殴るからには鼻血ぐらい出さないと気のすまない奴で、教師も二人か三人そろっていないと注意すらできないような奴で、もしもウチの学校から殺人犯が出るとすればあいつ以外にはありえないというような奴で……だから、あいつがあんなにあっけなくくたばったのは、世界平和のためにはよかったわけで……。

思いつくかぎりの悪口を並べ立てた。わしだけと違うど、わしが特別にアレを嫌うとるわけやないんど、と何度も念を押した。

中学を卒業してから丸三年たっても、ギュウちゃんにあの頃味わわされた嫌な思いや怖い思いは忘れていない。むしろ、もう本人から仕返しされる心配はないんだと思うと、あんなこともあった、こんなこともされた、と次から次へと腹の立つ記憶がよみがえってくる。

ナベさんは「わかったわかった、もう、ようわかったけん」と苦笑いで僕の話をさえぎり、ビートルズの『ひとりぼっちのあいつ』を歌いだしのところだけ弾き語りして、

「ほなら、最初から迷うこともないがな」と言った。

それはそうなのだ、まったくもって。

中学時代の友だちと電話で相談していても、なんでわしらがあいつの三回忌に出んといけんのか、というふうに話が落ち着きそうになる。だが、誰も「ほな、行くのやめようで」と結論は口にしない。どんなにギュウちゃんの悪口で盛り上がっても、最後の最後はうやむやなまま、「ほな、わし、別の奴にも訊いてみるけん」「おう、わしもそうしてみる」「なんぞ話が先に進んだら教えてくれや」「わかった、おまえのほうもなんかわかったら教えてくれや」で電話を終えてしまう。

誰かがバシッと「よっしゃ、行くのやめじゃ」と言ってくれたらホッとして欠席できるし、逆に「アホ、こういうときに昔の恨みごとを言うてもしょうがなかろうが。みんなで線香あげちゃろう」と言う奴がいるのなら、しかたなく、でもやっぱりホッとして付き合うのに、それを誰も言ってくれない。

「こんなんも他人任せな奴じゃのう」

ナベさんにとことんあきれられた。

「ほいでも、わしだけと違うんど、みんな同じなんじゃけえ」と言い返しても、あきれ顔のまま「そういうのが他人任せいうんじゃ」と言われると、うつむいてしまうしかない。

「……ナベもジョン・レノンに決めてもろうたようなもんじゃがな」

「きっかけは、の。ほいでも、わし、自分一人で外に出て歌うんを決めたど」

「……友だちでもないのにか」

「アホ、自分の知らんところでひとの人生を左右する、いうところがスーパースターなんじゃろうが」

「……ほなら、駅前で歌《うと》うてみいや」

「え？　なに？　悪い、聞こえんかった」

僕はうつむいたまま、「なんでもないけん」と首を横に振った。しゃべればしゃべるほど、自分が情けない奴に思えてくる。

やれやれ、とナベさんは笑ってギターを抱え直した。

「えー、それではですね、あー、まあ、人生というのは悩み多きものでして、ましてや、いわんや青春時代をやでありまして、嫌な奴の三回忌に行くかどうかを悩む、あー、それが青春、ってな感じでしょうか……」

吉田拓郎のしゃべり方を真似て、『青春の詩《うた》』の一節を口ずさむ。不思議なことに、というか、セコいことに、こういうときには決して方言にはならない奴なのだ。

「えー、そんなヒロくんのリクエストにお応えして、一曲お送りしたいと思うわけでありますが、あー……」

僕の顔を覗《のぞ》き込んで、「なんがええ？」と訊く。

「『春じゃったのう』にしてくれや」

僕は迷わず言った。拓郎の名曲だ。オリジナルのタイトルは『春だったね』だが、僕が聴きたいのは『春じゃったのう』――歌詞を方言に替えたバージョンだ。ナベさん自身は「ただのシャレでやっただけじゃがな」と、あまり気に入ってはいないのだが、ふだんつかいもしない「きみ」や「ぼく」の出てくる歌よりも、ずっと実感がこもっている。

「ええがな、ナベの『春じゃったのう』を聴けるんも、あと何遍《なんべん》あるんかわからんのじゃけえ」

冗談めかした言い方で、ふと胸によぎった別れの寂しさを紛らせた。「夏休みや正月に帰ってきたら、なんぼでも歌うちゃるわい」と言うナベさんの声にも、微妙な寂しさが覗いていた。

僕は東京の大学に行く。ナベさんは博多の大学に行く。ふるさとの町は同じだし、離ればなれになっても友情は変わらない、と信じてもいる。それでも、毎日一緒に顔を合わせていた頃とは違ってしまうだろう。いまはよけいな前置き抜きの「友だち」でも、いずれは「高校時代の友だち」になってしまうのかもしれない。

「よっしゃ、じゃあ、まあ、ほな、やるど」

ハーモニカとギターのイントロが流れる。

〈僕を忘れた頃に　君を忘れられない／そんな僕の手紙がつく〉

その歌詞が、『春じゃったのう』になると、こう変わる。

〈わしを忘れた頃に　こんなんを忘れられんのよ／そげなわしの手紙がつく〉

若さあふれる青春の恋を歌った曲が、いきなりじいさんの思い出話になってしまう。

だが、それがいい。オフコースやふきのとうはなかなか最後まで歌いきれない照れ屋のナベさんも、こんな歌詞なら拓郎に負けないぐらいの迫力でがなりたてられるのだ。

〈曇りガラスの窓をぶちしばいたって／こんなんの時計を止めちゃりたいんよのう／ああ　わしの時計はあのときのまんま／風に吹き上げられた埃《ほこり》の中／二人の声も消えてしもうた／ああ　あれは春じゃったのう〉

わしを忘れた頃に——。

こんなんを忘れられんのよ——。

またギュウちゃんのことを思いだした。

死んだ奴は、もうあの頃の日々を思いだすことはない。あたりまえだ。

こっちだってもうほとんど忘れていた。嫌な奴の嫌な思い出を残しておくほど、高校生活は暇ではないのだ。そして、いまはまだたっぷり残っている高校時代の思い出も、東京に出て行ったあとは、どんどん減っていくだろう。ナベさんと遊んだりしゃべったりした思い出はいつまでも残しておきたいし、絶対に勝ち残ると信じてもいるのだが、たぶん気づかないうちに、ぽろりぽろりとこぼれ落ちていくのだろう。

歌が終わる。

僕はまた空を見上げる。

かすんだ青空で、ヒバリが鳴いていた。

2

卒業式は坦々と終わった。

中学のときは『蛍の光』や『仰げば尊し』を歌っているうちにまぶたの裏がジンとしてきたのに、高校で歌うその二曲は、メロディーと歌詞をなぞるだけの、ただの卒業式のテーマソングにすぎなかった。名前を呼ばれて返事をするときも「うーっす」と気楽な声が自然に出てしまったし、校長の式辞のときには居眠りまでしてしまった。

感動も感慨もない。寂しさも喜びもない。

わしって、こげんクールな奴じゃったかのう……と自分でも戸惑うほど醒めていた。

中学のときよりも「別れ」のスケールはずっと大きい。仲の良かった友だちは、北は札幌から南は熊本まで、全国に散らばってしまう。「またみんなで集まろうで」と約束はしていても、帰省のタイミングが合わずに何年もすれ違いがつづく奴もいるだろう。卒業式で別れたきり二度と会えない奴だっているかもしれない。

それを思うと胸が熱いもので一杯になっても不思議ではないはずなのに、なにも湧いてこない。かといって、こげなクソ高校からやっとおさらばじゃ、ざまあみい、ボケボケボケッ、と笑いたくなるわけでもない。

感情抜きの「終わり」が、ぽつんと胸の中に浮かんでいる。日本史の年表に〈1981年3月　わし卒業〉という一行が紛れ込んでいても気づかないような、そんなあっさりした終わり方だった。

それは僕だけではなかったのだろう、男子も女子も、欠席が予想以上に多かった。国公立大学の二次試験を間近に控えている奴もいるし、私立に受かって下宿を決めるために東京や大阪に出かけた奴もいる。浪人する連中には予備校のクラス分け試験が待っているし、受験が終わるのを待ちかねて自動車教習所に通いはじめた連中にとっては、一日でも早く車を乗り回して遊ぶためには、卒業式に出ることさえ時間のムダになってしまうのだ。

出席した連中も、涙をぼろぼろ流して泣いている奴は誰もいなかった。たまに目を赤くしている女子がいたが、よく見ると、それはみんな地元の大学や短大や専門学校に進学する奴らだった。

ふるさとに残る奴のほうがしんみりして、出て行く奴はケロッとしている。

「かったるかったのう……」

式が終わって教室に戻るとき、ノグがあくび交じりに声をかけてきた。「はっきり言うて、わしら、もう高校のことやら考えとる暇ないけんのう」――思わず、そうそう、とうなずいてしまった。

医学部志望のノグは、四月から東京の予備校に行く。入学金免除の特別進学コースを狙って、本番の受験前以上に猛勉強しているのだという。卒業式の間も、こっそり英語の参考書を広げていたほどだ。

「高校の卒業式やらで盛り上がれる奴は、アレよ、その後の人生にたいした楽しみのない奴なんよ。一生、田舎暮らしじゃ。死ぬまで田舎者のままじゃ。わしやらヒロやらは違うんよ、未来がドーン、バーン、いうて広がっとるわけよ」

勉強ができるぶんキツいこともズケズケと言うノグの毒舌を聞くのも、たぶん今日が最後になるのだろう。

それでも、あいつの言いたいことはわかる。だらだらと長かった校長の式辞にも「きみたちには輝かしい未来があります」という一節があったような気がする。輝かしいかどうかは知らないが、未来は確かにある。誰にだってある。僕はその未来を東京で生きる。ノグは同じ東京でも、僕とは違う未来を生きる。ナベさんは博多でナベさんの未来を生きる。仲間でただ一人ふるさとに残るヤマケンはこの町であいつの未来を生きるし、国立大学の二次試験を控えているナガミネは、その結果次第で、未来を生きる場所が大阪にもなるし名古屋にもなる。もう、みんなそろって同じ場所で未来を生きることはない。高校は、明日からは過去を過ごした場所になってしまう。いや、もうすでに、僕たちの心は半分以上、四月からの未来に向けられていて、『蛍の光』や『仰げば尊し』を歌っていたのは、ただの抜《ぬ》け殻《がら》だったのかもしれない。ほうかほうか、じゃけん卒業式いうてもグッとくるもんがなかったんか……と、やっと気持ちが落ち着いた。

だが、逆に納得できてホッとしたせいで、いまになってじわじわと寂しさが湧いてきた。迷子のさなかには泣かなかった子どもが、お母さんに会えたとたん泣きだしてしまうようなものだろうか。

「親が言うけん出てやったけど、ほんま、こげな形式だけのもんに出とる暇はありゃせんのよ、わし。やらんといけんこと、まだ山ほどあるんじゃけん」

ノグは急に不機嫌になって、急に足を速め、「あー、忙しい、忙しい……」と前を行く連中を追い越して教室に向かった。

意外と、あいつもいま、僕と同じようにしんみりしてしまったのかもしれない。

ノグは東京では予備校の寮に入ると言っていた。浪人中はそんなに遊んだりできないだろうし、どうせ遊ぶのなら、田舎の友だちより東京でつくった友だちと一緒のほうが楽しいだろう――お互いに。

予備校の寮の電話番号は聞いていたが、こっちから連絡をするかどうかはわからない。あいつも来年のいまごろ、どこの大学に受かったか教えてくれるかどうか、あやしいものだ。札幌に行くジローは「ええのう、ヒロとノグは同じ東京組じゃけん、わし、一人ぼっちで津軽海峡冬景色じゃがな」とうらやんでいたが、たぶん、僕とノグだって、これっきりになってしまいそうだ。

渡り廊下を歩きながら、制服の詰襟《つめえり》のホックをはずした。

こんなに窮屈な制服を着るのも、もう今日が最後だ。制服は四月から従弟《いとこ》のヒトシがお下がりで着ることになる。おふくろに黙って裏地を昇り龍の刺繍《ししゅう》に張り替えたものの、県立の進学校の悲しさで、結局一度もそれをバッとひるがえしてケンカをすることはなく、工業高校や農業高校の奴らの前では、はずしていた詰襟のホックも留め直すありさまだった。いっぺんぐらいはバッと見せたかったのう、高かったのにのう……と、いまさらながら後悔する。いや、いまだからこそ、後悔してしまう。やっぱり、制服、東京に持って行こうか。どうせ着ることはなくても、思い出いうことで。「やっぱりヒトシにはやらんけん」と言いだしたら、フミおばさん、怒るだろうか。大学の入学祝い、減らされてしまうだろうか……。

そんなことをあれこれ考えながら歩いていたら、ナベさんの『春じゃったのう』が頭の中に聞こえてきた。

わしを忘れた頃に――。

こんなんを忘れられんのよ――。

高校の友だちは、僕のことをいつ忘れてしまうのだろう。

僕は高校時代のことをいつまではっきりと覚えていられるのだろう。

四月になるのと同時にあっさり忘れられてしまうのは、やっぱり寂しい。だが、長い時間をかけて少しずつ記憶が薄れてきて、何年もたってからふと振り返ると「高校時代」が空っぽになっているというのも――そっちのほうがもっと寂しいかもしれない。

渡り廊下の窓から注ぐ陽射しは、もうすっかり春の暖かさだった。夏になると、ここは温室のように蒸し暑くなる。その代わり、冬のひなたぼっこには最高の場所だ。

ああ　あれは春じゃったのう――。

ああ　あれは春じゃったのう――。

声に出さずに繰り返し、手に持った卒業証書の筒を振っていると、つい力が入りすぎてしまった。

筒の蓋《ふた》がスポッとはずれて、少し前を歩いていたナベさんの頭に、みごとに当たった。

「うおっ」とナベさんは足をじたばたさせながらあわてて首を縮め、大げさに頭に手を当てて、こっちを振り向いた。

わははっ、と腹を抱えて笑ってやった。

無理やり笑ったような気が、しないでもなかった。


卒業式が終わると、毎日はいっそうふわふわと頼りなくなってしまった。

上京の準備でばたばたと忙しいのに、退屈でしかたない。逆に、ふだんならいちばんのんびりできる夕食後に、テレビを観とる場合じゃないど、と急にあせって、近所をランニングしたりした。

「友だちとしっかり遊んどきんさいよ。もう、しばらくは会えんようになるんじゃけん」

おふくろはなかなか理解のあることを言ってくれたが、誘いの電話をかける気にはならなかった。べつにみんなで決めていたわけではないのだが、卒業式が終わったあとも友だちとだらだらと遊ぶのはちょっと違うんじゃないかと僕は思っていたし、きっと他の連中も同じだったのだろう、向こうから電話がかかってくることもなかった。もう僕たちは「友だち」から「高校時代の友だち」になってしまったのだ。

だったら、中学時代の友だちと遊ぼうか……と思っても、別々の高校で過ごした三年間のブランクは意外と大きく、会ってもなにを話せばいいのかよくわからない。

ただ、ときどき電話はかかってくる。ギュウちゃんの三回忌のことが、まだ決まっていないのだ。「どげんする？」「みんなが行くんじゃったら、わしも行くけど」から話が先に進んでいない。というより、「おまえ」から「みんな」に広がったぶん、むしろ後退しているのかもしれない。

どうせ暇なんじゃけん、行こうか――。

誰かがそう言えば、あっさり決まるのに。

あげなアホたれの法事やら行けるか――。

誰かがそう言ってくれてもいいのに。

中途半端なまま、もう三月も半ばを過ぎてしまった。行くなら行く、行かないなら行かないで、そろそろ決めないと、さすがにギュウちゃんの両親にも申し訳ない。

「……女子はどげんする言うとった？」

僕は思いきって言った。たかがそれだけのことなのに気合を入れなければ言えないところが、われながら情けない。中学時代の僕なら「女子やら関係あるかい！　ボケ！」と怒りだすような話だと思うと、よけい情けなさがつのってしまう。

女子は十人ほど参列するらしい。お寺で焼香だけして、あとの会食は遠慮して、というかさっさと逃げて、駅前にできたばかりのファミリーレストランでごはんを食べるのだという。仕切っているのは、女子のリーダー格だったヤナセさん――ということは、ヤナセさんとなにかと張り合っていたホシノさんとその一派は来ないだろうと思っていたら、やっぱり集まる十人は、中学時代からヤナセさんのまわりにいて、ヤナセさんと同じ商業高校に進んで、地元で就職を決めた奴らばかりだった。

僕にそれを教えてくれたシンちゃんは、なんとなく一緒に行きたいような様子だった。もちろん、法事ではなく、その後の女子とのメシが目当て——もっと正確に言えば、中学時代から片思いしていたミヤタさん目当てなのだろう。そういえばシンちゃんも工業高校を卒業して地元の自動車工場に就職するんだと思うと、急に腹立たしくなった。

「どげんする、ヒロ」

「なんが」

「ヤナセが、男子は何人ぐらい来るん、いうて訊いとったけど……」

「そげなん、わしに言われても知るか」

乱暴に言って、乱暴に受話器を置いた。

中学時代の僕は、ホシノさんのことが好きだったのだ。

3

春分の日と日曜の連休を使って、一泊二日で家族三人そろって東京に行き、引っ越しの荷物をほどき、足りない生活用品やカラーボックスを買った。

六畳一間のアパートだ。風呂付きの部屋は親父に「ぜいたく言うな」とあっさり却下され、せめてトイレぐらいは部屋に欲しいと思っていたが、それもおふくろに「男の子なんじゃけん、恥ずかしがらんの」とワケのわからない理屈をふりかざされて、あきらめざるを得なかった。その代わり、新しいポットを買いたがっていたおふくろが「一人暮らしじゃと、こういうのが役に立つんよ」としきりに勧めてきた古い花柄のポットは、断固として、男のプライドをかけて断った。

「やっぱり、同じ六畳間でも、東京のほうは畳が小さいけん、狭いなあ」「壁も薄いなあ」「お水が臭いけん、歯も磨けんわ」とおふくろは文句を言いどおしだったが、都会で一人暮らしをする僕のことが、ちょっとうらやましそうでもあった。一方、もともと無口な親父は、東京に来てからはいっそう口数が減って、「お父ちゃん、都会に出たけん、人疲れしたんじゃろ」とおふくろにからかわれても、ムスッとした顔のまま黙っていた。

夜は、おふくろが布団を使い、親父と僕はコタツにもぐり込んで寝た。部屋の灯りを消してから「布団もお客さん用のを買わんといけんなあ」とおふくろが言うので、「そげなもん、要らんわ」と寝返りを打って応えた。両親と同じ部屋で寝るのは何年ぶりだろう。もっと照れくさかったり恥ずかしかったりするかと思っていたが、意外とそうでもなかった。ただ、照れくささや恥ずかしさとは違う、いままで味わったことのない、背中よりもむしろ腹のほうがむずがゆくなるくすぐったさが、一晩中つづいた。

翌朝、六時前に目が覚めた。おふくろは小さないびきをかいてぐっすり寝入っていたが、親父の姿がない。共同トイレにもいなかった。どうしたんだろう、と外に出てみたら、アパートの前の通りに出て煙草《たばこ》を吸っていた。

僕が声をかける前に、振り向いて、「灰皿がなかったけん」と照れ笑いを浮かべる。

「今度、買《こ》うとく」

僕もヘヘッと笑って応え、親父と向きあうでも並ぶでもない、微妙な角度に立った。

「買わんでええ、煙草は体にようないけん」

「ほいでも、お父ちゃんが泊まりに来たときに使うじゃろ」

「わしは……もう、東京には来ん」

「入学式、平日じゃもんね」

「その先も、もう来ん。これが最初で、しまいじゃ」

「そうなん？」

「親にべたべた寄りつかれたら、ヒロも嫌じゃろうが」

それは、確かにそうだった。

「ここはヒロの町じゃ」

大げさな言い方だとは思わなかったし、そう言ってもらって、なんだかすごくうれしかった。

親父は生まれてから一度もふるさとの町の外で暮らしたことがない。おふくろも東京や大阪のような都会は知らない。じいちゃんは戦争でシンガポールに行ったことがあるが、ばあちゃんは結局、新幹線にも一度も乗らないまま亡くなった。ひいじいちゃんやひいばあちゃんも、ふるさとに生まれ、ふるさとで生きて、ふるさとで死んだ。僕はふるさとに生まれ、ふるさとで十八歳まで生きて、あとは——どうなるのか、まだわからない。

「東京はアレじゃの、夜が明けるんがえらい早いのう。まぶしゅうて目が覚めてしもうた」

「田舎よりだいぶ東にあるけんね」

「その代わり、冬は陽が暮れるんが早いわい」

「うん……」

親父は背をかがめ、短くなった煙草を靴のつま先で踏んで火を消しながら、「わしはもうここには来んけど、お母ちゃんが遊びに来たら、うるさがらんと泊めちゃれ」と言った。

黙ってうなずくと、吸い殻を手のひらに載せて、さらにつづける。

「勉強やらバイトやらも忙しゅうなるかもしれんが……休みになったら帰ってこい」

もう一度うなずきかけて、そうだ、とギュウちゃんの話をしてみた。

親父になにかを相談するのは、生まれて初めてだった。大学は偏差値で決めたし、アパートも自分で決めた。就職や結婚だって、親は関係なかろうが、自分の人生なんじゃけん……と、親父に相談するつもりはない。

だが、ギュウちゃんのことは、親父に相談したかった。というより、親父に相談しなければいけないんだ、と急に思った。

親父は吸い殻を指でつぶしたり伸ばしたりしながら、黙って話を聞いてくれた。

そして、ボソッと、言った。

「行っちゃれ」

「そう？」

「ギュウちゃんいう子の、親のために行っちゃれ」

吸い殻を手のひらに握り込み、もう片方の手で僕の腰をポンと叩いて、一人で部屋にひきあげる。

僕が親父の背丈を抜いたのは高校一年生の秋だった。もう肩よりも腰を叩かれるほうが自然なんだな、と親父がいなくなってから気づいて、また、腹がむずがゆくなってきた。

4

三月は残り一週間になった。ふるさとの町で、両親と一つ屋根の下で過ごすのも、あと一週間ということになる。

名残惜しさや寂しさは、やっぱり、ほとんど感じない。逆に、ギュウちゃんの三回忌さえなければ、予定を早めてさっさと東京に行ってしまいたいほどだった。

本やラジカセは東京に送ってしまったので自分の部屋にいてもすることがないし、本棚をどかしたあとは壁が剝き出しになってしまって、なんだか落ち着かない。逆に、まだたった一晩しか泊まっていなくても、東京のアパートのドアを開けたときのほうが、すんなりと「ただいま」と言えそうな気がする。

　暇つぶしに町なかに出ても、ちっとも面白くない。比べても意味がないのはわかっていても、つい東京の街並みを思い浮かべて、こげな田舎でよう十八年も飽きずに生きとったのう……と「井の中の蛙《かわず》、大海を知らず」なんていう言葉を実感してしまう。

　友だちと町で出くわすことも、ほとんどなくなった。この時期になると、駅に行って新幹線の改札口に立っていたほうがたくさん会えるのかもしれない。

　もうすぐだ。もうすぐ、この町の春は本番を迎え、僕たちがふるさとで過ごす日々が終わる。空を見ればわかる。雲はないのに空ぜんたいが薄い黄色に染まって、陽射しが弱まっている。中国大陸から西風に乗って運ばれてくる黄砂《こうさ》だ。あと一週間もすれば――僕がこの町を出る頃には、空の黄色がもっと濃くなって、真昼の太陽の輪郭を見ることもできるはずだ。いまは五分咲きの桜もその頃には満開に近くなる。町並みは、桜のピンク色と黄砂の黄色が交じり合った、いかにもピリッとしない色合いになって、「ほな、またのー、元気でやれやー」と、寝ぼけたようなのんびりした口調で僕を見送るのだろう。

　ああ　あれは春じゃったのう――。

　ナベさんの『春じゃったのう』を口ずさむときのテンポも、ずいぶんゆるくなった。

拓郎の『春だったね』はせつないラブソングだったはずなのに、その世界からどんどん遠ざかって、いまではほとんど、じいさんが縁側でお茶を啜《すす》りながらつぶやくような歌になってしまった。

ああ あれは春じゃったのう――。

なーんも、ええことなかったのう――。

ついつい、そんなフレーズも付け足したくなる。

ナベさんからひさしぶりに電話がかかってきたのは、三月三十日の朝だった。

「ヒロ、暇じゃったら付き合えや」

ラグビー部にスカウトされて学区外の漁村から越境入学してきたマッツンが、今日、下宿を引き払うのだという。夕方に親父さんが軽トラックで荷物を取りに来るので、それまでに部屋を片づけておかなければならない。

「あのアホ、ラグビー部の練習に昨日までずーっと出とって、結局ぎりぎりになってしもうて……」

明日の朝には大家のおばちゃんが部屋の掃除に来て、午後には早くも新入生が引っ越してくる。

マッツンは四月から親父さんのイカ釣り船に乗って、漁師の見習いになる。ふるさとを出て行く僕たちと、ふるさとに帰るマッツン——立場は正反対でも、あいつがだらだらと下宿に居残って、後輩たちに煙たがられながらも練習に顔を出しつづけた気持ちは、なんとなくわかるような気がする。

「ほいで、マッツン、わしらに手伝え言うとるんか？」

気乗りがしなかった。引っ越しの手伝いが面倒臭いというより、ナベさんやマッツンとは、中途半端に会って中途半端に別れるぐらいなら、最初からまったく顔を合わせずに東京に出て行きたかった。

だが、ナベさんは「手伝いはラグビー部の後輩にやらせるけん、わしらには関係ない」と言う。

「ほなら、なんな」

「マッツン、わしとヒロにお別れにプレゼントしたいもんがある、言うとるんよ」

「おう、ほうかほうか」

それなら話は別じゃがな、と気分がグッと盛り上がると、ナベさんはつづけて言った。

「本じゃ。『漫Q』やら『エロト』やら、好きなもん持って帰ってええ、言うとる」

別のところもグッと盛り上がってしまった。

『漫Q』——正確には『週刊漫画Q』。

『エロト』——正確には『漫画エロトピア』。

下宿生活の強みをフルに活かして三年間ひたすら買いあさったエロ本を、いよいよ放出するというのだ。いままでは大食いのマッツンにパンやジュースをおごってやってなんとか一泊二日で借りていたエロ本の数々が、ついに僕たちのものになるのだ。

「手伝いに来る後輩にも分けてやる言うとるけん、早《はよ》う行かんと、ええのを取られてしまうど。わし、三条友美先生のとダーティ・松本先生の出とるんはぜんぶ貰《もろ》うて帰るけん、ヒロには羽中《はちゅう》ルイ先生のを皆やるわ」

人前で歌えない孤高のストリートミュージシャンが、こういう話になると急に張り切ってしまう。クラス担任の教師のことは平気で呼び捨てにしても、官能劇画の作者には必ず「先生」を付ける。「そげなんあたりまえじゃがな。学校の教師とエロ本の、どっちに世話になっとる思うとるんか、アホ」——そういう奴が歌の世界になると「ぼく」だの「きみ」だのを平気で口にするのがフォークの怖さというやつだ。「あなたはもう忘れたかしら」だの「海は死にますか」だのと気取ってどうするというのだ。

それでも、この誘いに乗らない手はない。

準備も怠《おこた》らなかった。ジャージのズボンをジーンズに穿《は》き替えて、自転車を漕《こ》ぐのに邪魔な盛り上がりを押さえつけた。どうせマッツンに持ち帰り用の袋を用意するような気づかいなどないはずだから、中身が透けて見えず、万が一にも底が破れたり口から本が飛び出したりする心配がないように、とスポーツバッグを自転車の前カゴの上に載せた。

ひさしぶりに勢いよくペダルを踏み込んで家を飛び出し、ぐいぐいとスピードを上げて国道まで出たところで、気づいた。

持って帰ったエロ本——どうする？


途中の交差点で待ち合わせたナベさんは、僕のスポーツバッグを見るなり「ほんまにアホじゃのう」と笑った。「こげなものにエロ本ぎょうさん入れてどないするんじゃ」

「そうなんよ……」

素直に認めるしかない。引っ越し前なら東京に送る荷物に紛れ込ませることもできたが、いまとなっては部屋に隠したまま上京するしかない。夏休みに帰省するまで隠しとおせるかどうか……というか、そこまでしてエロ本を持っていなければならないのか、よくわからなくなった。

「ナベはどないするんじゃ。弟に貸してやるんか？」

「アホ、中学生のうちは『平凡パンチ』でええんじゃ。鼻血が出たら困るがな」

これを見てみい、これを、とナベさんは得意そうに自転車の荷台を指差した。折り畳んだ段ボール箱がくくりつけてある。

「小包で送るけん、あとで郵便局まで付き合《お》うてくれや」

「……どこに送るんな」

「決まっとるがな、博多のアパートじゃ」

自分宛てに送るのだ。今日の午前中に郵便局に荷物を出せば、明日の夕方には博多に着く。ナベさんは明日の朝の新幹線でふるさとを出て、小包より一足早くアパートに着いて受け取る、というわけだ。

「一人暮らし最初の夜は、エロ本の山に埋もれて眠るわけじゃ」

どうじゃ、賢かろうが、と胸を張る。

最初はつい感心したが、すぐにあきれた。

「のう、ナベ……ひとつ言うてええか?」

「おう」

「そげな手間暇かけんでも、エロ本なら博多で新しいのを買うたらええがな。ひとの読み古しのエロ本を、わざわざゼニつこうて小包で送らんでもええん違うか?」

明日の夜からは誰の目を気にすることもなくエロ本を読めるのだ。隠し場所を気にする必要もないし、エロ本を開いているときに親がいきなり入ってくるという心配もない。その気になればナベさんの大好きなダーティ・松本先生のSMシーンを切り抜いて壁に飾っていたとしても、誰にも文句は言われないのだ。

ナベさんの口は「あ」の形に開いたまま、動かなかったが、「どっちがアホなんか、よう考えてみいや、ボケ」と勝ち誇りかけた僕の口も、ボケの「ケ」の形のまま止まってしまった。

エロ本は東京にだってある。ビニ本だってある。なにも今夜、無理をして、危険を冒《おか》して、何人が読んだかわからないような古いエロ本を持ち帰らなくても、明日からは心おきなく、存分に、いや、こうなったらいっそ雑誌で我慢するのはやめて、羽中ルイ先生の『エロスの妖精』だって『花芯《かしん》のめざめ』だって『欲望の天使』だって、コミックスで買いそろえてしまえばいいのだ。

目先のエロ本放出に浮き足立ってしまった自分を恥じた。全力で自転車を漕いでしまった自分が、とことん情けなくなった。

ナベさんも同じ自己嫌悪に包まれてしまったのだろう、ようやく口を閉じると、ため息交じりに言った。

「ほなら……行くの、やめるか？」

頭の中ではうなずくつもりだった。

だが、先に視線だけ足元に落ちても、顔はついていかなかった。

「……どげんした？」

目を上げて、笑って、自転車のペダルを踏み込んだ。

「やっぱり行こう。貰えるもんは、やっぱりゴミでも欲しいわ、わし」

なんじゃそれ、とナベさんも笑って、僕を追って自転車を走らせた。

「小包、ほんまに送るけんの。郵便局まで付き合えよ」

「おう……すまんかった、ケチつけるようなこと言うて」

小学生や中学生なら、あとは二人で自転車のスピードをどんどん上げていけば、それでいい。尻をサドルから浮かせて、がむしゃらにペダルを踏みつづければ、たいがいのことはすっきりする。

あの頃はよかった。ものごとがなんでもシンプルだった。悩みごとがあっても「眠たい」と「腹が減った」の段階まで持ち込んでしまえば、なんとかなった。

だが、高校生になると、自転車をがんばって漕ぐのが急に恥ずかしくなる。少しでもだらだら漕ぎたくて、尻をサドルから荷台に移したり、道幅いっぱいに蛇行したり、いきなりウイリーをやってひっくり返りそうになったり……。

その日の僕たちも、だらだら漕いだ。自転車が並んではいけない。正面から目が合ってもいけない。かといって、離れすぎてもいけない。部屋の中を飛び回る二匹の蝿《はえ》みたいだった。高校を卒業したら、もう自転車も卒業なのかもしれない。

「ナベ、車の免許はどげんする?」

はっきりと約束していたわけではなくても、受験前に「大学に受かったら、夏休みに一緒に自動車学校に行こうで」と話していた。僕もそれをしっかり覚えていたわけではないが、忘れてはいなかった。

だが、ナベさんはあっさりと「向こうで取るわ」と言った。「とりあえず、博多で落ち着いたらすぐに原付の免許取るけん。車のほうは、また先の話じゃ」

「なんな、それ」

「博多は原付があると便利じゃいうて、親戚のおっちゃんが言うとったけん」

「ほうか……」

わしと話しとったこと忘れたんか——とは言わない。言ってはいけない。僕だって期待していたわけではないのだ。べつにどうでもいい話なのだ。「覚えている」と「忘れていない」は違う。自動車学校の話は、べつに自分から「覚えておこう」と決めたわけではなくて、勝手に、自然と、たまたま、なにかの間違いで、頭が良すぎるから、忘れていなかっただけのことだ。

あー、損した、脳みその場所、損した、こげなことさっさと忘れとったら、英語の単語が一個覚えられたかもしれんのう……ペダルを逆向きに回しながら、ハンドルを大きく左右に振った。

「わしも、免許は向こうで取るけん」

胸を張って言った。

「おう、まあ、好きにせえや」

ナベさんは軽く応えて、「そげんイバって言わんでもええがな」と笑った。

マッツンの下宿からの帰り道、ナベさんに「鼻歌でもええけん歌うてくれや」と『春じゃったのう』をリクエストした。

「アホ、自転車漕ぎながら歌えるか。それに重いんど、荷物。腹に力入れんと漕げんがな」

欲張って、段ボール箱がはちきれそうなほどエロ本を詰め込んだせいだ。

僕は一冊だけ、雑誌の名前も中身もろくに確かめずに選んで、スポーツバッグに入れた。わざわざ取りに行くほどのことではなかったし、東京に持って行くほどのものでもない。東京のアパートでも、あんがい、ぱらぱらとめくっただけで「もうええわ」と捨ててしまいそうな気もする。

それでも、取りに行かんといけんのじゃ、東京に持って行かんといけんのじゃ……と自分ではしっかり納得していた。きっとナベさんも、「段ボール箱がパンパンになるまでエロ本を詰めんといけんのじゃ。金がなんぼかかっても自分宛ての小包で送らんといけんのじゃ。大風邪をひいてもええけん、博多の最初の晩は布団じゃのうてエロ本に埋もれて寝んといけんのじゃ」と当然のようにまくしたてるだろう。

誰かに「なしてや」と理由を訊かれたら答えられなくても、自分の中ではちゃんと理屈が通っている。

それでよかろうが、ボケ。受験の現代国語の問題とは違うんじゃ、アホ。なんでもかんでも理由やら訊いてくんなや、要約させんなや、接続詞を入れさせんなや、ボケ、アホ、カス……。

急に腹が立ってきた。

なしてや――。

誰にや――。

そげなん知るかい、とウイリーを一発決めてナベさんの前に出て、「のう」と背中を向けたまま声をかけた。

「なんな」とナベさんも僕の後ろについたまま応える。

「こげなんも青春なんかのう……わし、東京に出て行く前の春いうたら、もうちぃとカッコのええもんで、気合のビシッと入ったもんじゃと思うとったけど……これが最後の春でええんかのう……」

アホがなに難しいこと考えて悩みよるんな、と笑ったナベさんは、少しだけ間をおいて、『春じゃったのう』の最後のフレーズを口ずさんだ。

替え歌の、さらに替え歌。語尾もメロディーを無視してクイッと持ち上げた。

ああ　あれは春じゃったか――？

胸がドキッとした。

ほんとうだ。ナベさんがただからかって歌っただけの替え歌のワンフレーズが、受験勉強で読んだ山頭火《さんとうか》の俳句みたいにグサッと刺さった。

ああ　あれは春じゃったか――？

耳の奥で何度も響く。

もういっぺん歌うてくれや、と頼みたい気持ちはある。だが、いっぺんしか歌わんけんよかったんじゃ、とリクエストを押しとどめる気持ちもある。

二つの思いを胸の中で入り交じらせながら、青信号が点滅していた横断歩道を渡った。向こう側に着いてから後ろを振り向くと、ナベさんは横断歩道の手前で停まっていた。

信号に間に合わなかったのではなかった。

きょとんとする僕に、ナベさんは「わし、一人で郵便局に行くけん！」と言って、交差点を左折する手振りをした。

「遠回りじゃがな！」

いちばん近い郵便局は、交差点をまっすぐ行けば数分のところにある。

だが、ナベさんは「アホ！　近所で出せるか！」と笑いながら言って、「じゃあの！」と交差点を曲がってしまった。

赤信号を無視して横断歩道を引き返せば、追いつく。黙って曲がればいいのに僕が振り向くのを待っていたナベさんも、じつは心の片隅で「早う来いや」と思っているのかもしれない。

それでも、僕は前に向き直って、ペダルを思いきり強く踏み込んだ。今度ナベさんと会うときに「追いかけてやってもよかったんじゃけどのう」と笑って言ってやろう。どうせナベさんも「もうちいと待ってやってもよかったんじゃけどのう」と笑い返すだろう。

ああ　あれは春じゃったか――？

歌とも台詞ともつかないナベさんの節回しを思いだしながら、自分でも歌ってみた。

空は曇っていた。

夜から雨になると天気予報で言っていた。

その雨が朝までにあがってくれれば、ひさしぶりに黄砂の洗い流されたすっきりした青空になるだろう。

ならなかった。

5

降りそうで降らない曇り空のまま、天気は一晩もった。黄砂もこの春一番の飛来量で、「布団や洗濯物は外に干さないほうがよさそうです」と、朝のローカルニュースが伝えた。

これが、ふるさとで見る最後の空になる。

もう新幹線に乗っているはずのナベさんも、気合の入らない空模様にがっかりしているだろう。

だが、旅立ちの日だと思うと面白くないが、今日はギュウちゃんの三回忌でもあるんだと思い直すと、これはこれで、嫌われ者だった奴の法事にはふさわしい天気かもしれない。

案内状に「平服でお越しください」とあったとおり、ふだん着のスタジャンとジーンズで出かけた。明日の入学式のために買ったブレザーはこんなところでおろしたくないし、かといって高校の制服で参列するわけにもいかない。

やはり、もう、ふるさとでの暮らしは実質的に終わっているのだ。死んだひとの魂が成仏する四十九日の法要みたいに、やっと明日から、僕は正真正銘、東京の人間になるのだ。もう迷わない。迷う暇もない。明日からは、もう、なにがなんでも、自分のことを「わし」などと言うわけにはいかない。

「ヒロ、ええ？　友だちと会《お》うても、笑《わろ》うたりぺちゃくちゃおしゃべりしたらいけんのよ。法事なんじゃけんね、お父さんやお母さんや親戚のひとらがおるんじゃけんね」

出がけまでくどくど言っていたおふくろは、用意しておいてくれた御仏前の袋を渡すときにも、「あんた、間違《まちご》うてもネコババしたらいけんよ、罰があたるよ」と脅した。

「なんぼ入っとるん」

「千円。中学の頃の友だちやし、もう三回忌なんやしね……」

その金額が多いのか少ないのかは、まったくわからない。ただ、「もう三回忌なんやしね」という言い方が妙におかしくて、思わずクスッと笑うと、「ほら、そういう顔がいけんの」とにらまれてしまった。

おふくろの小言も、これが最後だ。

親父は今朝はふだんどおりに会社に行って、帰りもふだんどおり夜八時前——僕がとっくに家を出たあとになるだろう。

特別なことはなにもしなかった。

挨拶もなければ、ゆうべの夕食にごちそうが出たわけでもない。今朝も親父とは「おはよう」と「行ってらっしゃい」ぐらいしか話さなかったし、おふくろの小言も毎度おなじみのものばかりだった。

それが微妙に物足りないような、逆にホッとするような……どっちにしても、家族には学校みたいな卒業式がなくてよかったな、とは思った。


ギュウちゃんの三回忌は、結局「個人の意志で決める」ということになった。

町はずれのお寺に行ってみると、男子は五、六人しかいない。それも中学時代には全然仲良くなかった奴らばかりだったし、予想どおり、みんな地元に残って進学や就職をするのだと言っていた。

女子はシンちゃんの情報どおり、ヤナセ軍団で固められている。ちなみに肝心のシンちゃんは、「わし、午前中はどげんしてもはずせん用ができたけん」と言って、ファミリーレストランでの同窓会から合流するらしい。

シンちゃんごときにナメられてしもうて、人間いうのは死んだらおしまいなんじゃのう……と、初めてギュウちゃんにしみじみ同情した。

ホシノさんは、やはり来ていない。最後の最後に「ああ、これが春なんじゃ！」と一発逆転するような奇跡は起きなかった。

おまえはほんまに、死んでからもなーんもひとの役に立たん奴なんじゃのう……と、あらためてギュウちゃんにムッとした。

同級生とは短く挨拶しただけで、あとはずっと一人で坊さんのお経を聞き、焼香の順番を待った。たいして感慨はない。十六歳で死んだギュウちゃんの無念が胸に染みるわけでもない。気合の入らない空模様と同じように、手順どおりにやるべきことを終えれば、あとはさっさと帰ってしまうつもりだった。

だが、焼香の順番が来て、焼香台に置かれたギュウちゃんの遺影と向きあったとたん――埃っぽい町に雨の最初のひとしずくが落ちてきたように、なにかが変わった。

ギュウちゃんの遺影は、びっくりするぐらいガキっぽかった。

僕たちはもう、ギュウちゃんより二つも年上になっていて、来年は三つ年上になって、再来年は四つ、その次は五つ……僕たちは毎年、というか、毎日、というか、一秒ごとに、遠ざかっていく。

そんなあたりまえのことに、胸をわしづかみにされた。悲しくはない。せつなくもない。ギュウちゃん、なして死んでしもうたんか、と泣くつもりは、まったく、いっさい、きっぱりと、ない。わしはギュウちゃんの分も元気で長生きして、悔いのない人生を送るけんのう、空の上から見守ってくれえよ……アホか、と言いたい。もしも空の上からギュウちゃんが見ているのなら、こっち見んなアホ、と言ってやりたいぐらいだ。

だが、ぼうっとしていた体の芯がやっと、ひさしぶりに引き締まった。

よし、これで気合入れて東京に行けるど、と思った。

焼香を終えて顔を上げると、ギュウちゃんの両親と目が合った。たしか二人ともウチの親と変わらない歳のはずだが、見た目はずっと年老いている。親父さんは髪がほとんど真っ白になったし、おふくろさんの体も小さくなった。

二人とも、逆光というわけではないのにまぶしそうな顔で微笑んで、僕に小さく会釈《えしゃく》をした。僕の顔や名前を覚えているのかどうかは知らない。「同級生の誰か」としか思いだせないかもしれないし、それでかまわないのかもしれない。

僕も最初はぺこりと会釈をして、もう一度、今度はちゃんと心を込めて頭を下げた。どげな心を込めたんか、と訊かれても答えられない。

それでも——。

春じゃったか——？

焼香台の前から離れて、黄色くかすんだ空を見上げると、どこかから、誰かの声が聞こえてきた。

春じゃったか——？

おう、とうなずいて、歩きだした。

初出

とんがらし　小説現代二〇〇五年三月号
モズクとヒジキと屋上で　IN☆POCKET二〇〇九年三月号
タツへのせんべつ　小説現代二〇〇六年七月号
俺の空、くもり。　小説現代二〇〇七年五月号
横須賀ベルトを知ってるかい？　IN☆POCKET二〇〇九年二月号
でぃくしょなりぃ　小説現代二〇〇七年七月号
春じゃったか？　IN☆POCKET二〇〇九年四月号

日本音楽著作権協会（出）許諾第〇九〇八六一六－九〇一号

|著者|重松 清　1963年岡山県生まれ。早稲田大学教育学部卒。出版社勤務を経て、執筆活動に入る。1999年『ナイフ』で第14回坪田譲治文学賞、『エイジ』で第12回山本周五郎賞、2001年『ビタミンF』で第124回直木賞受賞。話題作を次々発表するかたわら、ライターとしてもルポルタージュやインタビューを手がける。他の著書『かあちゃん』『定年ゴジラ』『半パン・デイズ』『世紀末の隣人』『ニッポンの単身赴任』『ニッポンの課長』『愛妻日記』『オヤジの細道』『最後の言葉』(共著)『きよしこ』『疾走』『その日のまえに』『きみの友だち』『カシオペアの丘で』『永遠《とわ》を旅する者』『ブルーベリー』『気をつけ、礼。』『加油（ジャアヨウ）…！』『とんび』『希望ヶ丘の人びと』「季節風」シリーズほか多数。

青春夜明《せいしゅんよあ》け前《まえ》

重松《しげまつ》 清《きよし》
© Kiyoshi Shigematsu 2009

講談社文庫

定価はカバーに
表示してあります

2009年8月12日第1刷発行

発行者——鈴木 哲
発行所——株式会社 講談社
東京都文京区音羽2-12-21　〒112-8001
電話 出版部（03）5395-3510
販売部（03）5395-5817
業務部（03）5395-3615

デザイン—菊地信義
本文データ制作—講談社プリプレス管理部
印刷———凸版印刷株式会社
製本———株式会社若林製本工場

Printed in Japan

落丁本・乱丁本は購入書店名を明記のうえ、小社業務部あてにお送りください。送料は小社負担にてお取替えします。なお、この本の内容についてのお問い合わせは文庫出版部あてにお願いいたします。

ISBN978-4-06-276449-0

本書の無断複写(コピー)は著作権法上での例外を除き、禁じられています。

講談社文庫刊行の辞

二十一世紀の到来を目睫に望みながら、われわれはいま、人類史上かつて例を見ない巨大な転換期をむかえようとしている。

世界も、日本も、激動の予兆に対する期待とおののきを内に蔵して、未知の時代に歩み入ろうとしている。このときにあたり、創業の人野間清治の「ナショナル・エデュケイター」への志を現代に甦らせようと意図して、われわれはここに古今の文芸作品はいうまでもなく、ひろく人文・社会・自然の諸科学から東西の名著を網羅する、新しい綜合文庫の発刊を決意した。

激動の転換期はまた断絶の時代である。われわれは戦後二十五年間の出版文化のありかたへの深い反省をこめて、この断絶の時代にあえて人間的な持続を求めようとする。いたずらに浮薄な商業主義のあだ花を追い求めることなく、長期にわたって良書に生命をあたえようとつとめるところにしか、今後の出版文化の真の繁栄はあり得ないと信じるからである。

同時にわれわれはこの綜合文庫の刊行を通じて、人文・社会・自然の諸科学が、結局人間の学にほかならないことを立証しようと願っている。かつて知識とは、「汝自身を知る」ことにつきていた。現代社会の瑣末な情報の氾濫のなかから、力強い知識の源泉を掘り起し、技術文明のただなかに、生きた人間の姿を復活させること。それこそわれわれの切なる希求である。

われわれは権威に盲従せず、俗流に媚びることなく、渾然一体となって日本の「草の根」をかたちづくる若く新しい世代の人々に、心をこめてこの新しい綜合文庫をおくり届けたい。それは知識の泉であるとともに感受性のふるさとであり、もっとも有機的に組織され、社会に開かれた万人のための大学をめざしている。大方の支援と協力を衷心より切望してやまない。

一九七一年七月

野間省一

講談社文庫 最新刊

東野圭吾　赤い指
金曜の夜、家に帰ると少女の遺体が——。加賀恭一郎が解明する、事件より大切なこと。

重松　清　青春夜明け前
10代、男子。勘違い全開の季節。妻よ、娘たちよ、これが男子だ！〈文庫オリジナル〉

あさのあつこ　NO.6〔ナンバーシックス〕#5
治安局員に連行された沙《さ》布《ふ》を救うため施設に潜り込んだ紫苑《しおん》とネズミ。そこは地獄だった。

江上　剛　絆
昭和から平成、高度経済成長からバブルへ。名もなき男たちの姿が、日本を支えてきた。

鏑木　蓮　東京ダモイ
抑留中にシベリアで起きた殺人事件。帰還《ダモイ》を果たした男が謎に迫る。江戸川乱歩賞受賞作。

有栖川有栖　新装版　46番目の密室
密室小説の巨匠が殺された。それも自ら考案したトリックで？　初期の傑作長編を新装化。

歌野晶午　新装版　動く家の殺人
名探偵・信濃譲二はなぜ殺された？　大胆かつ巧妙なトリック。驚愕の家シリーズ第3弾。

常光　徹　学校の怪談〈K峠のうわさ〉
読み継がれてきた〝学校の怪談〟を著者厳選の百物語形式で刊行。大人も読める怪談第一集。

篠田真由美　angels《エンジェルス》——天使たちの長い夜
夏休み、学校で殺人事件が起きた。蒼こと薬師寺香澄が活躍する建築探偵シリーズ番外編。

化《あだし》野《の》燐《りん》　呪《じゅ》物《ぶつ》館《かん》〈人工憑霊蠱猫〉
妖怪図譜を巡る戦いは〝呪物〟の流れ着く果てとされる世にも奇妙な博物館へと舞台を移す。

田中芳樹　霧の訪問者〈薬師寺涼子の怪奇事件簿〉
美貌と才能を合わせ持つ超エリート警察官僚のお涼さまが、軽井沢でさらにパワーアップ！

吉村葉子　お金をかけずに食を楽しむフランス人　お金をかけても満足できない日本人
フランス人は普段何を食べている!?　お洒落に美味しくのヒントが満載。〈文庫書下ろし〉

講談社文庫 最新刊

上橋菜穂子 **獣の奏者**〈Ⅰ闘蛇編 Ⅱ王獣編〉
リョザ神王国・闘蛇村に暮らす少女エリン。各界騒然の傑作ファンタジー巨編ついに文庫化！

内田康夫 **湯布院殺人事件**
湯煙けぶる湯布院にフルムーン旅行に出かけた和泉教授。地元旧家で殺人事件に遭遇する。

今野 敏 **特殊防諜班 凶星降臨**
歴史を覆して生存していた人物の正体とは？ 新たな謀略が首相の代理人・真田たちに迫る。

太田蘭三 **箱根路、殺し連れ**〈警視庁北多摩署特捜本部〉
新宿、芦ノ湖で死体と遭遇した相馬刑事。泥棒大二郎を相棒にして独自捜査を始めるが!?

塚本青史 **始皇帝**
稀代の暴君か、乱世を治めた英雄か!? ファーストエンペラーの生涯を壮絶に描いた巨編。

芥川龍之介 **藪の中**
ここは暗い藪の中。一人の男が若い盗人に会う。その名は多襄丸《たじょうまる》。芥川最高の短編小説。

永井 均 内田かずひろ 絵 **子どものための哲学対話**
僕はなぜ生まれてきたの？ 死んだらどうなる？ 猫のペネトレと僕が40の疑問を考える。

たかのてるこ **淀川でバタフライ**
世界一笑える家族を描く、『ガンジス河でバタフライ』の著者による、初の自伝エッセイ。

吉橋通夫 **なまくら**
幕末と明治の京で生きる少年たちの物語7編。野間児童文芸賞受賞。解説・あさのあつこ。

雨宮処凛 **バンギャル ア ゴーゴー1・2・3**
バンドを「追っかけ」る時だけが「生きてる」気がする――。女の子青春文学の金字塔！

早瀬 乱 **三年坂 火の夢**
明治・東京の下町を襲う大火の夜、謎の人力俥が目撃される。第52回江戸川乱歩賞受賞作。

島田荘司 **帝都衛星軌道**
都内で誘拐事件が起きた。完璧な包囲網を敷くが……。息詰まる傑作クライム・ノベル！

講談社文芸文庫

倉橋由美子

蛇・愛の陰画

解説=小池真理子　年譜=古屋美登里

くB5

978-4-06-290058-4

一九六〇年、「パルタイ」で衝撃的デビューを果たした著者の、その後の五年間の初期作品七篇を精選。イメージの氾濫する〈反リアリズム〉の鮮やかさを示す一冊。

里見弴

恋ごころ　里見弴短篇集

解説=丸谷才一　年譜=武藤康史

さL2

978-4-06-290057-7

十四歳の夏休みに、盛岡の養家で少女に淡い恋心を抱いた思い出を語る表題作をはじめ、流暢な文体と精妙な会話で、人の心の機微を巧みに描いた名作五篇を収録。

小田実

オモニ太平記

解説=金石範　年譜=編集部

おH4

978-4-06-290059-1

済州島からキミガヨ丸で日本に来たオモニは辛酸を嘗めつつ七人の娘を産み育てた。女婿・小田実が大らかなユーモアと人間洞察で〈家族の肖像〉を描くヒューマン・エッセイ。

2009年6月15日現在